# 반 소절 드라마

송 가 인    신 화 의    탄 생

# 반 소 절 드 라 마

한상무

◆ 일러두기 ◆

이 글은 2019년 2월 마지막 주(2월 28일)에 시작해서 2019년 5월 첫 주(5월 2일)에 끝난 종편 채널 'TV조선'의 오디션 프로그램인 '내일은 미스 트롯'(약칭 미스 트롯)을 첫 주부터 마지막 주까지 본방송으로 시청하면서, 필자가 개인적으로 듣고 보고 느낀 일부 경연 장면에 관한 주관적인 감상과 논평이다.

필자는 반평생을 대학 교수로 일하다 정년 퇴임해서, 지금은 저술 활동을 하는 사람으로, 음악이나 트로트에 전혀 문외한인 아마추어다. 치열한 경연이었던 만큼 최대한 객관성을 반영하여 글을 쓰려 했지만, 음악에 전문성이 없는 나로서는 한계가 있었다. 따라서 책의 내용은 다분히 주관적인 감상과 판단, 혹은 논평이 많은 부분을 차지하고 있음을 미리 밝힌다.

또 오디션의 경연 과정에 참여한 참가자들, 특히 심사를 맡은 이른바 마스터들에 대해 저자의 개인적인 비평이나 이의를 부분적으로 제기했음을 밝혀둔다. 이는 어디까지나 특정한 시간과 공간에서 진행된 오디션에서의 그들의 심사평과 역할에 대한 것이지, 결코 그들 개인의 인격이나 자질, 혹은 능력 전반에 관한 것이 아님을 밝혀둔다

또한 글의 객관성, 편의성을 고려해 등장하는 모든 이에 대한 경칭은 생략했음도 밝혀둔다.

# 차 례

# 그녀에 주목하다

이 글의 주인공은 '내일은 미스 트롯' 프로그램에서 '진'으로 최종 우승을 차지한 가수 송가인이다. 그녀가 '진'으로 뽑혀 가수로서 활약한 지 1년도 훨씬 더 지난 지금 이 글을 쓰는 동기는 다음 네 가지다.

첫째는, 1만2천 명이 참가했다는 그 프로그램에서 최종 '진'을 차지한 송가인의 초절적 가창력도 놀라웠지만, 경연 과정에서 예기치 못한 불리한 상황과 장애도 불굴의 의지와 도전 정신으로 이겨내는 모습이 흥미로운 교육적 주제라고 생각했기 때문이다. 송가인이 경연의 고비마다 독창적인 상황 타개 노력으로 이를 극복해 나가는 과정 역시도 처음부터 끝까지 내내 감동과 놀라움을 금할 수 없었다.

그녀의 등장은 한국 가요계에서 하위 장르로 경시되며 주변부에서 머물던 이른바 트로트라는 장르에 스포트라이트를 비추어 새롭게 주류 장르로 부상케 한 원동력이 되었다. 그녀의 그 경이로운 가창력과 불굴의 의지와 도전 정신, 그리고 독창적인 상황 타개 노력은 감동으로 이어졌고, 그 과정과 모습 속에 함축된 의미 탐구는 유익하고 흥미로운 교육적 주제로 충분했다.

둘째는, 송가인의 개인사와 그녀의 트로트 가수로서의 고달픈 삶의 여정에 대한 관심 때문이었다. 한반도의 남녘 땅 진도 출신으로, 무속인을 어머니로 두고 대학 졸업 때까지 국악과 판소리를 전공했던 송가인은 그 후 트로트로 방향을 바꿔 가수 생활을 했다. 그녀는 주로 전라도 지역에서 7, 8년 동안 활동했을 뿐, 중앙 무대에서는 거의 알려지지 않은 무명 가수였다.

사범대학에서 근 40년 가까이, 장래 교사(국어 교사)가 될 학생들에게 문학(소설)을 가르치고, 지금은 정년 퇴임 후 집에서 저술 생활을 하는 필자로서는 그녀의 가족 관계와 성장 및 학업 과정이 하나의 입지전적 서사로서 무척이나 흥미로웠다. 그녀가 최종 결승 라운드에서 '진'으로 뽑히는 과정은 한 개인의 삶의 축소판, 즉 극적으로 압축된 한 편의 인생 드라마를 무대에서 연출한 것이었다.

이 드라마는 오디션 과정을 지켜보는 수많은 관객들과 시청자들에게 강렬하고 깊은 인상과 교훈적 의미를 주었다. 따라서 그녀의 삶의 여정 전모를 알 수는 없지만, 단편적이나마 그 입지전적인 면모를 문자로 기록해 그 보편적인 교육적 의미를 음미해 보는 것도 그 나름대로 가치가 있다고 생각했다.

셋째는, 필자의 교육자적인 관점에서 송가인의 '미스 트롯' 오디션 전 과정이 그 의미를 음미할 만한 가치가 있는 것으로 보였기 때문이다. 송가인의 참가 동기에서부터, 예선전과 본선 준결승, 결승을 거치면서 최종 결승 라운드에서 '진'으로 뽑히기까지 오디션 전체 과정을 면밀히 살펴보면, 그 과정이 다소 기묘한 패턴을 지니고 있음을 알 수 있다.

그녀는 두 세대도 더 지난 1950년대에 불리던 인기곡인

<한 많은 대동강>으로 예선전에서 출발해서, 역시 1950년 대의 유행하던 곡 <단장의 미아리 고개>로 결승전에서 우승했다. 즉, 그녀는 '한'의 정서를 함축적 주제로 담고 있는 두 노래를 선곡해서 절창으로 노래함으로써 최종 우승을 차지했다. 이는 그녀가 자신의 목소리가 아마도 '한 많은' 시대를 살아온 이 나라 국민들의 정서를 잘 표현할 수 있다고 나름대로 판단했을 가능성이 있다. 이런 그녀의 판단이 적중했음은 그 최종 결과가 입증했다.

또한 그녀는 자기소개를 할 때, 한 번도 틀린 적이 없는 '어머니'의 말을 듣고 참가했다고 말했다. 그리고, 결승전 우승 발표 직전에 눈물을 흘리며, 자신을 지금 이 자리에 서게 한 어머니에 대한 고마움을 표백했다. 그녀가 본선, 준결승, 결승까지 여러 라운드를 거치는 동안 한 번도 어머니에 대한 언급을 하지 않았음을 유념할 필요가 있다.

요컨대, 전통적으로 한국인의 노래와 예술에 깊이 함축되어 있는 '한'의 정서, 그리고 고난 속에서도 자식을 위해 어떤 희생도 마다치 않는 전형적인 이 나라의 '어머니상'과 그 어머니의 은덕, 이 두 가지 모티프가 송가인이 '미스 트롯' 오디션에서 최종 우승을 차지하는 데 일관되게 작용한 핵심 동인이라고 해도 과언이 아니라 하겠다.

넷째는, '미스 트롯'이라는 TV 방송 사상 초유의 오디션 프로그램이 운용한 흥미로운 경연 과정과 진행 방식이 보여준 감흥과 문제점을, 한 명의 시청자로서 나름대로 지적하고 평가하고 싶은 생각 때문이다. 처음 예선전에서부터 마지막 결승전까지는 치열한 경쟁 구도가 펼쳐지며 우승 후보들을 에워싸고 손에 땀을 쥐는 분위기가 조성되었다.

이 과정에서 경쟁자들 간의 감정적 갈등과 이른바 마스터들의 특정 참가자들과의 개인적인 호불호나 편애의 감정이 적지 않게 노출되었다. 이런 문제점은 앞으로 개최될 유사한 오디션 프로그램들을 위해서도 반드시 심사숙고해서 재검토해야 할 문제라고 생각했다.

chapter 1.

# 송가인이어라

# 송가인 첫 출전

2019년 3월 7일(2주차/100인 예선)

현역부 (A)에 속한 송가인은 예선전 전체 과정 중 거의 맨 나중, 현역부 (A)에 속한 참가자 중 맨 첫 차례로 출전했다. 걸음은 또박또박 침착했지만, 그녀는 속으로는 긴장으로 떨고 있었다. 왜냐하면, 사회자의 안내로 자기소개를 할 때 실수를 했기 때문이다.

무대 가운데 서자 단정한 자세로, 웃음 띤 얼굴로 그녀는 말했다.

"한 번도 틀린 적 없는 엄마 말 듣고 나왔습니다."

그러나 이내 당황한 표정으로 사회자를 보고 다시 말했다.

"어, 죄송합니다. 다 다 다 다시 해도 될까요?"

그녀는 말을 더듬기까지 했다. 그녀는 웃음기를 거두지 않은 채 다시 말했다.

"한 번도 틀린 적이 없는 엄마 말 듣고 참가했습니다. 전라도에서 탑 찍어불고 서울로 탑 찍으러 온 송가인이어라."

그녀의 자기소개는 인상적이었다. 마스터 중 한 명인 장영란이 송가인에게 말을 건넸다.

"아니, 근데 엄마가 촉이 좋으신가 봐요. 뭐 이런 거 하면 된다, 뭐 이런 스타일이신가 봐요?"
송가인은 대답했다.

"아 네, 어머니가 국가지정 무형문화재 72호 진도씻김굿 전수 조교로 활동 중인 무녀세요."

그녀는 어머니가 무속인이란 사실을 당당히 공언했다.

# 그녀가 나타나다

<한 많은 대동강> (원곡: 손인호)

반주가 나오자 그녀는 노래하기 시작했다. 거의 부동의 자세로.

**"한 많은~"**

반 소절.

힘찬, 맑고 고운 통 큰 파동으로 울리는 목소리. 높이 치솟다가 급히 꺾이는 애절한 가락. 언어로 표현하기 어려운 아름다운 목소리. 일찍이 어떤 가수에게서도 들어본 적 없는 목소리. 바로 반 소절만에 카메라는 대기실에 앉아 차례를 기다리고 있는 참가자들을 비췄다.

반 소절이 울리자 현역부의 많은 참가자들 속에 앉아 있던 김유선이 외쳤다.

"와! 끝났다! 끝났다! 이건 정말 끝났다!"

김유선은 탁월한 직관력을 가진 듯했다. 그녀는 송가인의 통 큰 울림과 파문처럼 떨리며 분출하는 한 서린, 아름다운 목소리의 비범함을 직관적으로 통찰했고, 송가인이 전체 오디션 경연에서 최종 우승자가 될 것을 예상한 듯했다.

한 소절을 불렀을 때, 지루한 심사 과정에 침체해 있던 마스터석의 분위기가 돌변했다. 일부 마스터들은 놀란 눈으로 송가인을 주시하며, 그녀의 이어지는 노래에 귀를 기울였다. 탄성이 터져 나왔고 벌린 입을 다물지 못한 채 경이의 표정이 엇갈리며, 마스터석은 흥분으로 일렁였다. 송가인이 마지막 소절을 다 부르자 마스터들과 참가자들은 일제히 일어나 환호와 박수갈채로 노래가 준 놀라운 감동을 표현했다.

마스터 장영란은 소매를 걷어 올리며 "소름이 돋는다"는 솔직한 감동을 제스처로 표현했고, 남우현은 마치 오래된 테이프를 먼지를 털어 다시 듣는 듯했다며, 그녀가 어려운 정통 트로트를 불러준 감동을 토로했다. 또한 붐은 올 하트를 외쳤다.

이에 반해 마스터 장윤정의 심사평은 다소 의외였다. 송가인의 놀라운 가창력에 대해 평가하는 대신, 송가인의 선곡에 대해 칭찬했다. 즉 송가인이 <한 많은 대동강> 대신, 좀 더 짙은 혹은 느린 노래를 선택했으면 너무 지루해서 올 하트와는 거리가 멀었을 것이라는 평이었다.

장윤정의 심사평은 김유선이 반 소절만을 듣고 금세 통찰한 송가인의 놀라운 가창력을 알아채지 못하는 듯했다. 그리고 엄청난 실력과 잠재력을 지닌, 새 시대의 신성, 초절적 스타가 등장하는 전조적 분위기를 미처 짐작하지 못한 데서 나온 발언인 듯했다. 반면 마스터 신지는 자기 자리로 돌아가는 송가인에게 "너무 잘한다. 정말, 너무"라며 그 가창력에 놀라워했다.

여하튼 송가인은 올 하트를 받았고, 예선전의 '진'으로 뽑혀 왕관이 씌워지고 본선에 진출했다. 그러나 그녀는 자신이 예선 '진'으로 뽑힐 줄을 전혀 예상하지 못한 듯했다. 기자와의 인터뷰에서도 송가인은 자신이 왕관을 쓰고 있는 게 어울리지 않다고, 겸손하고 순진한 태도를 보임으로써 아직 자신의 가수로서의 역량과 잠재력을 실감하지 못하는 듯했다.

송가인은 정통 트로트인 〈한 많은 대동강〉을 부름으로써 6·25 전란기라는 한 시대의 트라우마를 '지금, 여기'로 소환했다. 1950년대의 시대상을 반영하는 이 노래는 전란기에 고향인 북한(평양)을 떠나온 월남인의 고향에 대한 그리움과 한을 표현한 노래였다.

이제는 트로트 곡으로서도 구닥다리라고밖에는 말할 수 없는 이 노래를 송가인은 일부 마스터들의 표현대로 '소름 돋는' 가창력으로 노래함으로써, 한 시대를 고난 속에서 지내온 노년 세대, 혹은 그 시대를 역사 학습을 통해 기억하는 기성세대의 트라우마(한)를 새삼 상기시키면서, 그 시대적 상처를 잠시나마 위무하는 실연을 한 셈이었다.

그녀가 두 세대나 지난 시대의 '한'을 담고 있는 노래를 선택한 것이 의도적이었든 비의도적이었든, 그녀는 TV조선의 프로그램명인 '미스 트롯'에 맞게 정통 트로트 곡을 선택함으로써 프로그램의 취지에 부응했다. 그뿐만 아니라 노래가 사람의 마음을 치유하는 기능이 있다는 이른바 '음악 치유'의 개념을 실연을 통해 은연중에 보여준 셈이 되었다.

chapter 2.

# 그녀는 노래한다

# 장르별 팀 미션

2019년 3월 21일(4주차/본선 1라운드)

　본선 1라운드는 트로트의 여러 하위 장르 중 하나를 선택해서 팀을 이루어 경연을 펼치도록 기획되었다. 그 취지는 '미스 트롯' 프로그램에서 100억 가치의 트로트 걸을 뽑기 위해서는 다양한 장르의 트로트를 소화해 낼 수 있는 능력을 갖추고 있어야 한다는 데 있었다. 따라서 본선에 진출한 팀별 진출자들은 아홉 가지 다양한 트로트 장르에서 하나를 선택해서 일정 시간을 연습한 다음에 경연을 해야 한다고 주최 측은 밝혔다.

　주최 측이 제시한 트로트의 하위 장르 아홉 가지는 올드 트로트, 락 트로트, 세미 트로트, 정통 트로트 A, 정통 트로트 B, 정통 트로트 C, 댄스 트로트, 발라드 트로트, 엘레지 트로트였다.

물론 정통 트로트가 세 가지로 트로트의 주류임은 알 수 있었으나, 트로트 장르가 그렇게 다양한 줄은 트로트를 좋아하는 일반인이나 시청자들은 물론, 참가자들도 잘 모르고 있었다. 일부 참가자는 '엘레지'라는 용어의 의미도 모르고 있었다.

송가인이 속한 현역부(A)(숙행쓰)는 '락 트로트'를 선택해서 합숙 연습에 돌입했으며, 송가인은 팀의 일원으로 무리 없이 군무에 참여해서 제 역할을 무난히 해냈다. 송가인은 또한 가장 중요한 메인 보컬로 탄력 있고 시원스러운, 탁월한 가창력을 발휘해서 마스터들로부터 올 하트를 받음으로써 팀의 본선 첫 라운드 전원 진출에 중심적 역할을 했다.

# 그녀는 노래한다

<황홀한 고백>(원곡: 윤수일)

본선 1라운드 팀 미션은 가창력 못지않게 퍼포먼스의 비중이 큰 경연이었다. 송가인은 춤을 어려워했고, "춤은 질색, 팔색"이라며 고개를 흔들었다. 그러나, 그녀는 같은 멤버들과 무난히 어울려 팀이 퍼포먼스에서 좋은 평가를 받을 수 있게 기여했다.

노래에서는 그녀는 메인 보컬의 역할을 맡아 <한 많은 대동강>과 같은 정통 트로트는 물론, <황홀한 고백>과 같은 락도 탁월하게 부를 능력이 있음을 보여주었다. 팀의 멤버가 퍼포먼스를 함께 실연하며, 노래를 3~4소절씩 나누어 부른 경연에서 송가인은 락 특유의 리듬을 빠르고, 탄력 있고, 거침없는, 그리고 시원하게 허공으로 분출하는 분수의 물줄기처럼 높게 치솟는 목소리로 노래함으로써, 그녀가 장르에 따라 다양한 창법을 구사할 수 있는 팔색조 가수의 능력을 지녔음을 보여주었다.

마스터들은 노래가 끝나자 '숙행쓰' 팀에게 올 하트를 주었고, 일제히 놀라움과 극찬 세례를 퍼부었다. 남우현은 "이것이 우리가 찾던 팀"이라고 극찬했고, 붐도 "여기가 그래미"라고 감격해 했다. 심지어 사회자인 김성주도 흥분해 말했다. "여기가 빌보드에요!" 남우현은 "퍼포먼스면 퍼포먼스, 가창력이면 가창력 다 뛰어나서 빌보드 탑 100위 안에 갈 것 같다"고 덧붙여 칭찬했다.

'숙행쓰'는 멤버 전원이 골고루 노래와 퍼포먼스를 나누어 실연하고, 또 가창력이나 퍼포먼스에서 다른 어느 팀에 못지않게 월등한 실력을 발휘함으로써 현역부 기성 가수로서의 실력을 유감없이 보여주었다. 특히 송가인은 춤에 소질이 없음을 실토했음에도 불구하고, 스스로의 노력으로 다른 멤버에 뒤지지 않는 솜씨를 보여줌으로써, 자신의 약점을 스스로의 노력으로 충분히 메꿀 수 있는 도전하는 가수임을 입증했다.

마스터 조용수는 특히 보컬에 대해 지적했다. 그는 "이 무대처럼 열광적인 분위기에서는 보컬이 흥분하게 되어 있는데, 그런 흥분의 도가니에서도 절대 보컬을 놓치지 않는 것을 보았다. 그래서 팀의 멤버들이 진짜 프로구나 하는 느낌을 받았다"고 팀원들의 보컬 능력을 높이 평가했다. 이런 높은 평가는 메인 보컬로 노래한 송가인에 더 많은 비중을 둔 것으로 볼 수 있었다.

마스터 장윤정의 송가인에 대한 평가는 의미심장했다. 장윤정은 "가인 씨 무대를 보면서 저 친구 되게 무서운 친구구나 생각했으며, 춤도 저렇게까지 추기 위해 얼마나 독하게 마음을 먹었을까, 또 노래도 자기 색깔을 억제해 가면서 저렇게 연습할 때까지 얼마나 힘들었을까, 생각했다"고 말했다.

동시에 장윤정은, "멤버들과 어울려 잘하니까, 아, 저 친구 되게 무서운 친군데"라는 생각을 했다고 밝히며, 송가인의 노력하는 자세를 높이 평가했다. 하지만 어떤 관점에서는 노래면 노래, 춤이면 춤, 다 잘하려고 혼신의 노력을 다하는 송가인에게 은연중에 드러난 장윤정의 경계심이 읽히기도 했다.

아울러 장윤정은 춤을 추어본 적이 없는 송가인이 자신을 잘 이끌어 퍼포먼스를 무난히 수행하도록 도와준 연상의 멤버들에게 고마워해야 한다는 충고를 덧붙였다. 송가인은 장윤정의 찬사와 충고를 겸손하게 받아들였다. 그녀는 춤을 추어본 적이 없는 자신이 못할 것이라고 생각했는데, 언니들의 도움으로 이번 무대를 통해서 춤을 출 수 있는 새로운 가능성을 발견해서 자신도 놀랐다고 대답했다.

장윤정의 심사평은 송가인의 가창력과 노래하는 태도에 정곡을 찌르는 측면이 있었다. 한편으로는 명망 있는 기성 가수로서 혜성처럼 등장하는 대스타급 신인 가수에 대한 회의적 태도의 표현일 수 있었다. 그러나 춤 솜씨가 없는 송가인에게 노래에 맞는 춤을 가르쳐 줌으로써, 송가인 스스로 춤에 대한 새로운 시도를 통해 자신을 재발견하도록 도운 연상의 멤버들에게 고마움을 갖도록 지적한 것은 적절해 보였다.

송가인이 속한 팀 '숙행쓰'는 올 하트를 받고 전원 본선 1라운드에 진출했다.

송가인은 탁월하고 개성적인 보컬 능력을 다시 한 번 인정받아 '진'으로 뽑혔고, 4주차 온라인 인기투표에서도 1위 자리를 지켰다. 아마도 '미스 트롯'을 TV나 다른 화면으로 지켜보고 있는 시청자들은 알고 있는 듯했다. 누가 진정한 강자이며, 실력자인가를.

chapter 3.

# 송가인은 누구인가?

# 일대일 데스 매치

2019년 3월 28일(5주차/본선 2라운드)


본선 2라운드는 결선으로 올라가는 마지막 단계였다. 본선 1라운드 팀 미션에서 뽑힌 26명의 참가자들이 2라운드에 진출했다. 미스 트롯 경연은 이제 본격적인 옥석 가리기로 진입했다. 진정한 강자, 실력자를 가려내기 위해서는 좀 더 엄격하고, 가혹하기까지 한 경연 방식이 필요했고, 여기에 일대일 데스 매치가 도입되었다. 이 방식대로라면 이제까지 남은 경연자 중 절반이 탈락하며, 진정한 실력자를 가리는 만큼 무대의 열기가 더욱 뜨거워질 터였다. 여기에서 승자라 하더라도 결선에 진출하면 예측 불허의 더욱 가혹한 경연 방식을 통과해야 할 터였다.

주최 측은 이 방식을 좀 더 흥미 있게 만들고 싶은 듯했다. 단순한 무작위 추첨이나 임의 지명 등의 방식이 아니라, 우선

권을 가진 참가자가 임의의 참가자를 지명하는 방식이었다. 이런 방식은 분명히 누가, 누구를 지명하는가에 흥미의 초점을 집중시키면서, 지명자와 피지명자 간의 반응, 혹 엇갈린 반응 자체가 결과에 대한 예상을 불러일으키고, 당사자들의 반응 또한 보는 이들의 흥미를 배가할 수 있었다.

주최 측으로서는 경연의 속도와 능률, 그리고 흥미를 높일 수 있는 가장 효율적인 방식을 도입한 셈이지만, 참가자들에게는 패배는 곧 탈락이라는 공식이 공포감을 주지 않을 수 없었다. 가히 전쟁이라 불릴 만한 치열한 경연이 치러지며 승자는 더 가열찬 경쟁 속으로, 패자는 보따리를 싸서 집으로 돌아가야 할 터였다.

송가인에게는 특별한 권한이 주어졌다. 장르별 팀 미션에서 1위를 했기에 우선해서 주어진 특권이었다. 바로 가장 먼저 데스 매치의 상대를 지명할 권한이었다.

송가인은 한참을 망설이다가 홍자를 지명했다. 잠깐 참가자들 사이에 소란이 일어났다. 뜻밖의 지명이었기 때문이다.

홍자는 예선에서 송가인과 함께 올 하트를 받을 만큼 가창력을 인정받은 실력파였고, 또 본선 1라운드 팀 미션에서 팀의 멤버로서 함께 춤과 노래를 연습하면서 우애를 나눈 사이였다. 그런데 송가인이 홍자를 지명했으니 소란이 일어나는 건 어쩌면 당연했다. 주위의 많은 참가자들은 송가인에게 지명되지 않은 데 안도하는 한편, 송가인의 지명에 놀라워하며 두 사람의 데스 매치를 '전쟁', '빅 매치'라 불렀다.

송가인은 홍자를 자신의 라이벌로 생각한 것은 아닌 듯했다. 홍자와의 대결이 자신의 가창력을 제대로 보여줄 좋은 기회로 생각한 것 같았다. 또 다른 관점으로 보면 그녀가 '언니'라고 부른 홍자에 대한 예우 차원에서 그녀를 지명한 것으로도 보였다.

송가인의 홍자 지명에 참가자들이 보인 격앙된 반응이나 홍자가 송가인에게 노골적으로 보인 반발은 적절해 보이지는 않았다. 송가인은 경연 방식에 따랐을 뿐이고 자신의 지명이 자칫 패착이 될 수도 있는 선택이었기 때문이다. 물론 매주 온라인 인기투표에서 1위를 달려온 송가인이 홍자와의 데스 매치에서 패자가 되리라고 예상한 사람은 그리 많지 않았을 것이다.

그러나 마스터석에서는 어쩐지 불온한 기운이 떠도는 느낌이었다. 대부분 기성 가수인 일부 마스터들 중에서는 이미 두 차례 '진'을 차지했고, 바야흐로 혜성처럼 떠오를 송가인에게 일말의 불안함과 경계심이 작동할 수도 있다는 우려가 들었다. 한편으론 송가인의 독주를 한 번쯤 견제해야겠다는 암묵적 분위기가 형성될 수도 있을 것 같은 생각이 들기도 했다.

어떤 관점에서 보면 송가인에 대한 견제 심리는 오디션 과정 전체가 송가인 위주의 일방적인 분위기로 전개되어 가는 데서 오는 흥행 우려 때문일 수도 있었다. 즉, 높은 시청률로 보증되는 방송 프로그램의 흥행 성공을 위해서는 일반의 예측을 뒤엎는 롤러코스터식 전개나 극적 계기를 포함한 반전도 필요하지 않겠는가.

오디션을 진행하는 방송사의 전략과 관련된 이런 분위기의 이면을 일반 관객이나 시청자들은 알 수는 없는 일이었다. 송가인 역시도 자신 앞에 놓인 그런 불온한 분위기를 전혀 예상하지 못하고 있는 듯했다.

송가인의 지명에 가장 불편한 건 홍자였다. 홍자는 거의 격앙된 반응을 보이며 낯빛이 변할 만큼 불쾌감을 표했다. 홍자는 송가인이 자신을 지명한 것에 '왜 하필이면 나를?' 하며 반발했고, 심지어 '멘탈 붕괴' 운운하면서 배신감이 든다고 불쾌해했다. 어떻게 보면 홍자의 그런 반발은 그만큼 강력한 우승 후보로 떠오른 송가인에 대한 공포감의 암시로도 보였다.

마스터들은 이 대결을 흥미진진하면서도 어떤 암묵적 선입견을 품고 기대하고 있는 듯했다. 마스터 붐은 송가인의 지명에 대해 너무하달 만큼 지나치다고 부산을 떨었고, 두 사람의 대결을 "사실상 결승전이에요!" 하며 과대평가했다. 송가인은 이미 예선, 본선 1라운드에서 1등을 하며 그 실력을 인정받았지만, 홍자에 대한 평가는 다소 과장되어 있었다.

송가인은 <용두산 엘레지>를 선곡했다. 그녀가 이 노래를

선택한 이유는 홍자가 선택한 노래 <비나리>(원곡: 심수봉)
와, 중저음의 감미로운 창법을 구사하는 그녀의 가창력을 의
식했기 때문이었다. 송가인은 청중들에게 좀 더 짙은 감동을
불러일으킬 수 있는 정통 트로트인 <용두산 엘레지>를 부름
으로써 자신의 가창력을 십분 발휘해서 청중을 감동시키려
한 듯했다.

이뿐만이 아니었다. 그녀는 거의 10년 이상 배우고 연마한
국악의 가락을 도입하는 독창적인 시도를 통해 더욱 강한
인상을 주려고 한 듯했다. 지금 현재의 능력에 안주하지 않
고 끊임없는 탐구와 시도를 통해 스스로의 능력을 더욱 심
화, 발전시키려는 그녀의 학구적 태도가 빛을 발할 기회였다.

# 송가인은 누구인가?

<용두산 엘레지>(원곡: 고봉산)

그녀는 노래하기 시작했다.

**"용두산아!"**

힘차게 솟구치는 반 소절.

마스터석에 앉아 있던 승희는 처음 반 소절을 듣자마자 입
을 딱 벌려 놀라움을 표했다. 이번 라운드에 걸 그룹을 대표
해서 처음 마스터로 참가한 승희가 놀란 이유는 분명했다.
일찍이 한 번도 들어보지 못한 엄청난, 유니크한 목소리와 조
우했기 때문이다.

그녀의 경악하는 반응은 100인 예선전에서 참가자 김소윤
이 송가인의 노래 <한 많은 대동강>을 반 소절을 듣고 "와!
끝났다!"라고 보인 반응과 거의 같았다. 즉, 두 사람은 뛰어난

직관력으로 송가인의 목소리와 가창력이 일찍이 한 번도 들어본 적 없는 초절정임을 파악한 것이었다. 마스터석의 분위기도 기대와 놀라움으로 술렁거리고 있었다.

송가인은 노래를 이어갔다. 한여름 내내 무더위 속에서도 오랫동안 막아 두었던 거대한 분수를 틀자 일시에 하늘을 향해 솟구치는 세찬 물줄기를 연상시키는, 통 큰 울림과 떨림을 담은 강렬한 4단 고음이 터져나왔다. 그지없이 절절하고 청아하고 아름다운 목소리가 무대를 가득 채웠다.

그녀는 왼손, 손가락으로 노래 속에 묘사된 장면과 섬세한 감정을 표현하며, 아름다운 가락을 이어갔다. "한 계단, 두 계단" 계단을 밟아 올라가는 동작을 묘사할 때는 손가락으로 그 동작을 묘사하면서 사랑을 잃은 화자의 슬픔과 한을 토해냈다. 그렇게 그 정서를 점층적으로 높여 산 정상에서 맴도는 듯한 음성과 감성으로 청중의 심금을 파동치게 했다. 명곡, 절창이었다.

첫 절이 끝났을 때, 더욱 놀랄 일이 일어났다. 청중들이 다음 절에 귀를 기울이고 있을 때, 원곡에는 없는 애드립이 끼어든 것이다. 판소리에서 인용한, 버림받은 여인의 슬픔과 한을 묘사한 흐느끼는 듯한 가락은 듣는 이들의 폐부를 파고들며 엄청난 감동의 파문을 일으켰다. 이 애드립은 오랜 기간 국악과 판소리를 배우고 연마한 송가인의 독창적 발상이 빛을 발하는 부분이었다.

어떤 가수가 이런 독창적이고 대담한 시도를 할 수 있을까? 송가인은 오래된 정통 트로트 곡을 독창적으로 편곡해서 원곡자의 노래보다 더 찬란한 금빛 절창으로 바꿈으로써, 그녀가 초절적 가창력의 소유자임과 더불어 끊임없이 새로운 음악적 탐구를 시도하는 학구자임을 입증했다.

대결 상대인 홍자에게 송가인은 애초부터 버거운 존재였을 것이다. 그녀는 성량, 음질, 음색, 음역, 힘, 창법 모든 점에서 송가인에 미치지 못해 보였다. 단지 그녀가 일대일 데스 매치에서 송가인을 꺾어보겠다고 각오를 다진 점은 평가할 만했다.

앞서 언급했듯이 송가인의 지명에 홍자가 보인 반응은 다분히 과민반응에 가까웠고, 따라서 경연에 앞서 그녀가 송가인의 가창력에 대해 내린 평가는 전혀 근거 없는 비판으로 보였다. 홍자도 나름대로 수준 높은 가창력을 보여주었지만, 송가인을 넘어서기에는 역부족으로 보였다. 단지 송가인보다는 홍자에게 더 우호적으로 기울어진 듯한 일부 마스터들의 감정적 분위기를 제외하고는….

홍자는 송가인의 지명에 '배신감을 느낀다'고 그 충격을 토로하는 한편, 차츰 피할 수 없는 대결의 현실을 깨달아 가면서 송가인의 가창력을 평가절하하며 자신의 각오를 내비쳤다.

홍자는 '송가인은 입으로 노래하지만 자신은 마음으로 노래한다, 송가인은 노래하는 기계, 감성에서는 자신이 앞선다'고 하면서 자신은 감성으로 승부를 걸겠다고 했다. 홍자가 송가인에 대해 털어놓은 이런 말은 사실 불안한 자신의 내면을 스스로를 위로하려는 독백으로 들렸다. 홍자는 그러면서 이번 경연에서 송가인의 독주를 자신이 끊어보겠다고 비장한 각오를 내비쳤다.

홍자의 그런 평가와 달리 송가인이야말로 입이 아니라 가슴으로, 아니 온몸을 바쳐 열정과 심혼으로 노래하는 가수가 아닌가? 그녀는 노래 속에 그려진 극적 상황에 자신을 감정 이입하는 능력에서 타의 추종을 불허할 천재적 재능을 지니고 있었다. 예선에서 부른 <한 많은 대동강>, 본선 2라운드에서 부른 <용두산 엘레지>는 그녀의 이런 천재성을 입증한 노래들이었다.

홍자의 경연에 앞서 마스터들은 일제히 홍자에게 성원과 격려를 보내며 한마디씩 했다. 마스터석의 분위기는 홍자에게 매우 우호적이고, 홍자가 그녀의 각오처럼 송가인을 꺾어주었으면 하는 편향적인 분위기마저 감지되었다. 남우현은 "이 대결은 노래 싸움이 아니라 스타일 싸움"이라는 알쏭달쏭한 말을 했다.

신지 역시 "이건 누가 잘하느냐가 아니라, 누가 실수를 덜하느냐야. 아 홍자, 잘했으면 좋겠다"라고 말했고, 장윤정은 "홍자 만만치 않아"라고 신지를 돌아보며 말했다.

그들의 말은 기성 가수로서 그들이 혜성처럼 하늘 높이 떠오르는 한 무명, 신인 가수의 출현에 차츰 불편한 감정을 가졌다기보다는 프로그램 흥행상 오디션의 경연 과정에 한 번쯤 반전이 필요하다는 생각이 크게 작용했을 수 있다. 시청자일 뿐인 필자가 그 내막은 알 수 없지만, 여하튼 객관적이고 공정한 입장을 견지해야 할 일부 마스터들이, 단적이나마 명시적으로 특정 경연자를 편애하는 인상을 주는 듯한 발언은 이해할 수 없는 일이었다.

홍자가 선택한 노래는 <비나리>(원곡: 심수봉)였다. 그녀는 자신이 감성 면에서 송가인보다 앞선다고 생각하고 있었다. 그녀는 남자를 사랑하는 한 여자의 간절한 기원을 담은 노래를, 마스터 조영수가 그녀가 가장 잘하는 분야라고 지적한 대로, 그녀 특유의 감미로운 중저음을 구사하며 불러나갔다.

그러나 그녀는 성량, 음질, 음색 등에서 송가인과 차이가 커 보였다. 감미롭고 아름다운 목소리였지만 대부분의 가수들과 같이 목에서 나오는 가락이 이어졌고, 자신이 주장하는 대로 감성이 특별히 송가인보다 나은 점도 찾을 수 없었다.

홍자는 고음을 낼 때 치명적인 약점을 드러내고 말았다. 그녀는 화자의 애절한 감정을 가장 강하고 절실하게 드러내는 고음 부분, "나 당신 사랑하게 해 줘요. 워~ 워~ 워~" 하는 소절에서 심하게 표정이 일그러지며 원음 '이탈'이라는 치명적 실수를 범했다.

홍자의 실수는 그녀에게 호의적인 마스터들의 표정에 즉각 반영되었다. 마스터 신지가 놀라는 표정에 몸을 움츠리는 제스처를 보였고, 장윤정도 뜨악한 표정을 지었다. 노래의 가장 절정인 이 부분의 실수가 마스터들의 심사에 엄정하게 반영되어야 하는 것은 당연했다. 그러나, 일부 마스터들의 심사 결과는 객관성이나 공정성과는 거리가 멀어 보였다.

홍자의 노래가 끝나자 마스터들은 두 경연자에 대해 심사평을 내놓았다. 마스터 조용수는 비교적 우열이 분명해 보이는 두 노래에 대해 "둘 다 칼을 갈았다"라고 말했고, 신지는 장윤정을 보며 이렇게 물었다. "언니, 워~ 워~ 워~ 할 때 음 나간 거지?" 장윤정은 대답했다. "응, 음이 간 거야. 음이 나간 거야."

마스터 신지는 두 경연자에 대해 가장 이해할 수 없는 심사평을 제시했다. 그녀는 이렇게 말했다.

"이 두 분 중 한 분을 선택해야 하는 상황이 화가 났어요. 그런데 홍자 씨가 실수를 했어요. 그런데 그 실수가 실수가 아니라고 느껴질 만큼 너무나 자연스럽게 넘어가서 어떻게 해야 할지를 모르겠을 정도로 선택하는 데 고민을 많이 했어요."

신지가 심사평을 늘어놓는 동안 장윤정은 얼굴을 약간 숙인 채 묵묵히 듣고 있었다.

신지의 논평은 한 마디로 객관성과 공정성을 담보해야 할 마스터로서의 자신을 스스로 부정하는 논리였다. 왜냐하면, 그녀는 두 경연자가 노래하기 전에 "실수를 안 하는 사람이 이기는 거야"라고 되뇌었기 때문이다. 신지는 자신이 세운 논리를 스스로 뒤엎으며 홍자의 손을 들어주려는 것으로 보였다. 마스터들 중에서 유일한 작곡가로 가장 전문적인 논평을 할 자격을 갖춘 조영수의 말도 이해할 수 없기는 마찬가지였다. 그는 두 경연자가 워낙 가창력이 완벽해서 단점을 찾기가 어려웠다는 평을 내놓았다.

경연이 끝난 후 마스터들이 표결한 결과는 홍자의 압승이
었다. 11명의 마스터들 중 승희, 조영수, 노사연 3명만이 송가인
에게 하트를 주었고, 나머지 8명, 장윤정, 신지, 이무송, 붐, 차
오루, 박현빈, 박명수, 남우현은 홍자에게 하트를 주었다. 홍
자는 다음 라운드에 진출했지만, 송가인은 탈락했다.

심사 결과가 발표되자 마스터석의 마스터들은 모두 기립해
서 박수를 치고 환호하며 환영했다. 장윤정과 신지는 파안대
소하며 가장 돋보이게 기쁨을 표했다. 한편, 대기실의 참가자
들은 그동안 두 번의 '진'을 차지하고, 가장 뛰어난 우승 후
보로 꼽히던 송가인의 탈락에 대기석이 뒤집힐 만큼 놀라워
했다.

심사 결과에 홍자는 놀라움과 기쁨을 표했지만, 송가인은
쓸쓸한 웃음을 머금고 있었다. 오디션 경연 과정의 전개 방식
이나 마스터들의 분위기가 송가인에게 비우호적이라고 느꼈
던 막연한 불안감이 현실로 나타났으니 그녀로서는 쓸쓸할

수밖에 없었을 것이다. 그러나 그녀는 곧 평정을 되찾고 담담히 미소를 지었다. 그녀는 웃으며 말했다.

"결과에 만족합니다. 후회 없이 노래했기 때문에 지금 떨어져도 여한이 없습니다."

그리고는 홍자를 향해 축하의 박수를 보내고 미소를 띤 채 퇴장했다.

송가인과 홍자의 데스 매치에서 마스터들이 내린 심사 결과는 한 마디로 이해 불가였고, 미스 트롯 경연 전체 단계에서 가장 불공정했다는 시비를 불러일으킬 만한 논란거리였다. 송가인에게 절대적 성원을 보낸 관객이나 시청자들 입장에서는 마스터들의 결정은 편파적이라고 비난하기에 충분했다.

도대체 준결승 진출을 위한 가장 결정적인 경연, 대결하는 두 사람 중 하나가 탈락하는 이른바 '죽음의 경연'에서 가수의 정서가 최고조로 표출되어야 하는 부분에서 원음 '이탈'이라는 치명적인 실수를 한 사람에게 어떻게 승리를 안겨 줄 수 있을까?

아무리 마스터라는 심사위원들의 권위와 자격을 인정한다 해도 절대다수의 관객이나 시청자들을 납득시키기에는 그 근거가 박약해 보였다. 더구나 상대인 송가인의 노래는 어떠했나? 트로트 오디션이라는 프로그램에 맞게 정통 트로트 곡을 선택해서, 탁월하고 독창적인 편곡과 가창력을 통해 전율할 만큼 열정적으로 노래하여 원곡자의 노래를 절창으로 바꾸지 않았는가?

마스터들의 태도는 송가인을 성원한 많은 관객이나 시청자들을 아연하게 했다. 그러나 결과는 표면적으로는 놀라웠지만, 두 사람의 경연에 앞선 일부 마스터들의 암시적 발언을 보면 어느 정도 예상했던 대로였다. 홍자는 최종적으로 본선 2라운드에서 마스터들에게 '진'으로 뽑혀 다음 라운드에 진출했다.

그러나 마스터들이 아무리 경연자들에 대한 심사의 전권을 쥐고 있다 해도 그들이 간과할 수 없는 현실이 있었다. 송가인이 오디션 2주차부터 5주차까지 줄곧 온라인 대국민 인기 투표에서 1위를 고수해 온 사실이었다. 아무리 마스터들의 권한이 막강해도 오디션을 내내 지켜보고 있는 시청자들의 눈과 귀를 외면할 수는 없는 일이다.

송가인은 탈락했지만 패자가 아니었고, 이번에 겪은 고난은 그녀가 오디션의 최종적인 승자가 되기 위한 통과의례로 치부해도 될 만큼 그녀는 출중한 실력을 지니고 있었다.

본선 2라운드 데스 매치가 전부 끝난 후, 마스터들은 탈락한 13명의 경연자들을 놓고 추가 합격자 선정을 위한 회의를 열었다. 송가인을 포함한 탈락자들은 무대 위에 어두운 얼굴로 두 줄로 정렬했다. 추가 합격자의 발표에 앞서 장윤정은 마스터들을 대표해서 심사의 고충을 토로했다. 그리고, '누구를 합격시키고, 누구를 탈락시켜야 할지' 마스터들이 오랜 시간 고민했음을 또한 토로했다.

송가인도 긴장하고 있었다. 마스터석의 분위기를 짐작하고 있었고, 따라서 그들에 대한 신뢰가 무너진 탓에 잔뜩 긴장하고 있는 듯했다. 그녀는 "오늘은 느낌이 안 좋다"고 독백했다. 아마도 이때 그녀는 만일 다음 라운드에 진출하면 더욱더 심혼을 기울여 자신의 가창력과 열정을 십이분 발휘해야겠다고 각오를 다졌을 것이다.

장윤정은 합격자 발표를 예고한 다음, 한 사람씩 호명하기 시작했다. 박성현, 한가빈, 이승연, 장하온, 한담희, 강예슬, 호명이 계속되었지만 아직 송가인은 호명되지 않았다. 그래도 송가인은 웃음을 잃지 않고 있었다. 호명하는 마스터 장윤정의 얼굴에서는 권위가 묻어났다.

장윤정은 자신이 마스터들의 의견을 대표하고 있고, 경연자들의 생사여탈권을 쥐고 있다는 점을 자각하고 자신의 지위와 권한의 행사를 즐기는 듯했다. 물론 장윤정의 호명 여부에 따라 천국과 지옥이 갈리는 탓에 프로그램의 긴장감을 고조하고 박진감을 주기 위해서는 그녀의 권위적인 연출도 필요한 일이긴 했다. 장윤정이 여섯 명째를 호명했을 때, 사회자 김성주가 장윤정에게 물었다. "추가로 합격자 호명하실 분이 있습니까?"

장윤정은 대답했다. "있어야죠."

그리고는 장윤정은 꼴찌로, 일곱 번째 합격자로 송가인을 호명했다. 사회자 김성주가 아마도 고대했던 말인 듯했다. 사회자가 당연하다는 듯이 반응했다.

"아, 송가인 씨가 극적으로 합격자에 합류합니다."

본선 2라운드에서 <용두산 엘레지>를 열창한 송가인에게 내린 마스터들의 판정, 그리고 추가 합격자에서 송가인을 일곱 명의 합격자 중 꼴찌로 호명한 일은, 의도적 연출이 아니라면 오디션 전체 과정에서 마스터들이 송가인에게 가한 불공정 판정의 압권이라 할 만했다.

그들은 혜성처럼 등장한 송가인에 대한 평가를 마치 롤러코스트를 태우듯 뒤흔들었다. 이는 오로지 노래 하나만으로 승부를 걸겠다고 다짐한 송가인에게 스스로 자신의 남은 무대와 가창력에 대해 확신을 갖지 못하도록 작용하지 않았을까?

chapter 4.

나, 송가인이야!

# 군부대 팀 및 에이스 미션

2019년 4월 11일(7주차)/본선 3라운드)

본선 3라운드는 2라운드에서 합격한 20명의 경연자들이 준결승 진출을 놓고 겨루는 팀 경연이었다. 사회자는 경연의 평가 방식을 알렸다. 팀별 경연은 1차와 2차 두 차례로 나뉘어 진행되는데, 1차는 팀별 미션으로 경연자 4명이 한 팀을 구성해서 500명의 군부대 장병들 앞에서 경연을 펼쳐서 심사를 받는 방식이었다.

팀별 경연의 채점은 10명의 마스터들이 각 100점씩 모두 합산해 1,000점을 주고, 500명의 장병들이 각 1점씩 주어서, 마스터들의 점수와 장병들의 점수를 합해서 순위를 정하는 방식이었다. 2차는 각 팀에서 에이스 한 명을 내세워서 솔로 대결을 펼치는 에이스 미션인데, 단 채점 방식은 팀별 미션과 같았다.

최종적으로는 1차 미션 점수와 2차 미션 점수를 합산해서 가장 높은 점수를 받은 1위 팀은 팀 멤버 전원이 준결승에 자동 진출하도록 했다. 1차 미션과 2차 미션 두 차례로 나눈 것도 특이했지만, 어떻게 보면 두 차례 경연의 비중을 같게 했다는 점은 2차에서 각 팀의 대표인 에이스끼리의 대결이 그만큼 중요하다는 의미이기도 했다.

주목할 점은 본선 3라운드의 팀 구성이 이색적인 방식을 채택했다는 점이다. 특정한 의도가 있는 건 아닌지 고개를 갸웃거릴 만큼 이제까지의 경연 방식에 없던 특정인에게 특혜를 주는 방식이었다. 바로 처음으로 본선 2라운드의 '진'으로 뽑힌 홍자에게 자의로 특정 경연자를 지명해서 자신의 팀을 구성할 수 있는 특혜를 준 것이다.

반면 나머지 참가자들은 임의의 추첨을 통해 4명씩 팀을 구성하도록 했다. 어찌 보면 이런 방식은 본선 2라운드에서부터 서서히 나타난, 경연 과정을 예측할 수 없는 분위기로 만들어 가는 일부 마스터들의 의도를 반영하는 방식일 수도 있었다.

송가인으로서는 결코 반가울 리 없는, 자칫 실수라도 하면 무대 밖으로 영영 추락할 수도 있는 경연 방식이 아닐 수 없었다. 송가인도 이런 방식이 조성할 분위기를 간파하고 있는 것 같았는데, 그녀의 안색도 어두워지며 불안과 초조감이 나타나 보였다.

홍자가 우선 지명권이라는 특혜를 받아 드림 팀을 구성한 데 비해 송가인은 숙행, 하유비, 김희진과 같이 팀을 구성하고 명칭을 '트롯 여친'이라 했다.

'트롯 여친'은 멤버들의 목 상태가 다 좋지 않고, 스트레스와 피로가 겹친 가운데 모두 함께 급히 병원엘 가야 했다. 병원으로 가는 차 안에서 송가인은 숙행에게 호소했다.

"아, 노래가 안 돼, 언니. 막 불안해가지고··· 갑자기 부담이
확 돼버리네. 왜 이러지?"

　그녀는 경연을 앞둔 불안과 목 상태에 대한 염려를 토로했
다. 병원에 간 송가인 등 팀 멤버들은 아픈 목에 응급처치를
받고 돌아와야 했다.

# 나! 송가인이야!

에이스의 위엄과 '트롯 여친'의 순위

'트롯 여친'은 다섯 팀 중 제일 먼저 경연을 펼쳤다. 팀은 먼저 <나로 말할 것 같으면>, <쓰러집니다>, <봉숙이>를 부르고, <환희>, <아모르 파티>, <강원도 아리랑>을 메들리로 불렀다. 퍼포먼스와 노래를 잘 융합해야 하는 경연의 성격상 송가인은 그녀가 질색이라고 고개를 저은 춤을 팀 멤버들과 무리 없이 어울려 잘 소화해냈고, 춤을 추면서도 자신의 가창력을 최대한 발휘했다.

나머지 네 팀이 열 띤 경연을 펼치고 1차 팀 미션의 순위가 발표되었을 때 '트롯 여친'은 다섯 팀 중 꼴찌였다. 10명의 마스터들은 '트롯 여친'에게 1,000점 만점에 854점을 주었고, 여기에 장병 점수를 합산해서 총점 1,315점으로 꼴찌인 5위에 그치고 말았다. 1위 팀은 '되지'로 마스터 점수와 장병 점수를 합해 1,395점이었고, 따라서 5위 '트롯 여친'과 1위 '되지' 간에는 80점의 차이가 났다.

이 순위대로라면 '트롯 여친' 팀의 송가인을 포함한 4명의 멤버는 전원 탈락으로 준결승 진출이 좌절될 판이었다. 홍자가 포함된 팀 '미스 뽕뽕 사단'은 홍자가 특혜를 받아 우선 지명권을 행사해서 드림 팀을 구성했지만, 마스터 점수 928점으로 2위에 순위 매김을 했다.

2차 미션인 팀의 에이스 대결이 아직 남아 있지만, 80점이란 큰 점수 차를 극복한다는 것은 사실상 불가능해 보였다. '트롯 여친' 팀의 에이스는 송가인이었다. 송가인은 투지를 불태우고 있었지만, 최악의 몸 컨디션으로 거의 절망 상태였다.

그녀의 투지와 각오는 출전에 앞선 그녀의 말 속에 잘 나타나 있다. 그녀는 말했다.

"너무 속상했어요. 5(순위)라는 숫자가 딱 보이길래 그때부터 오기가 생겼죠. 꼴찌네… 응, 두고 보자. 뒤집겠다고 생각했어요."

투지와 각오는 불타올랐지만, 그녀는 컨디션, 특히 목 상태의 악화로 좌절하고 있었다. 그녀는 탄식했다.

"아, 목이 점점 가요. 어떡해요?"

팀 경연 직전 급히 병원으로 가 응급처치까지 받았지만 좌절감은 깊어 갔다. 목 상태도 나빴지만, 팀 순위 꼴찌에다 1위 팀과의 점수 차가 80점이나 되는데, 아무리 투지를 앞세운다 해도 이를 뒤집는다는 것은 불가능해 보였다.

송가인은 정신적으로 공황 상태에 빠진 것 같았다. 그녀는 말했다.

"부담이 돼서 미쳐버릴 것 같아요. 가사도 틀렸어요. 아, 노래하기 싫어요. 갑자기 부담감이 확 오니까, 겁을 먹으니까 안 되겠는 거예요. 못하겠더라고요."

그러나 결국 그녀의 투지와 도전 정신이 그녀를 밀어 올렸다. 아마 절망적인 상황에서도 내면에서 끓어오르는 열정과 분노가 그녀를 담대하게 한 것 같았다. 그녀는 말했다.

"여기서 내가 팀 목숨을 걸고 정말 비장한 각오로 끝까지 최선을 다하자. 죽을 힘을 다해서…."

그녀는 아마도 포효하고 싶은 듯했다. 설사 이것이 마지막 무대가 된다 해도…. 내면의 분노가 그녀를 뒤흔들고 있는 듯했다.

송가인은 놀랍게도 그녀가 별로 불러 본 적도 없는 낯선 장르의 노래를 선곡해서 승부를 걸려 했다. 락 계통의 <티어스(tears)>. 가수 소찬휘가 불러 히트한 노래였다.

송가인이 무대에 설 때, 사회자 김성주는 큰 소리로 분위기를 돋웠다.

"과연 전체 순위를 뒤집을 수 있을 것인지…?"

송가인은 무대 위에 섰다. 아담한 체구의 그녀는 자신만만한 태도로 무대에서 관객인 장병들과 마스터석을 내려다보았다. 그녀는 자신감에 넘쳐 있었다. 웃음 속에 고뇌의 흔적은 전혀 없었다. 그녀가 <티어스>를 부른다는 사실을 안 마스터들은 마스터석이 출렁일 만큼 이구동성으로 호기심을 나타냈다.

정통 트로트 곡만을 불러온 송가인이 과연 락 계통의 노래를 잘 부를 수 있을까 하는 희의와, 노래를 부르는 송가인의 가창력에 대한 관심 때문인 듯했다. 무대에 서 있는 송가인을 보고 마스터 조영수는 무대 한복판의 당당한 그녀의 '포스'에 경탄했고, 다른 마스터들도 이 흥미진진한 경영에 성원을 보내며 격려했다.

송가인은 장병들을 내려다보며 환한 미소를 띤 채 소리 질렀다.

"다 같이 소리 질러어~~~!"

그녀는 마치 아프리카 대평원에서 높은 바위 위에 올라 평원을 내려다보며 포효하는 한 마리 사자와 같았다. 담대하고 늠름하고 당당했다. 어디 한구석 기가 죽거나 위축된 흔적은 찾을 수 없었다.

그녀는 노래하기 시작했다.

"아무 일도 없는 거야~~"

섬세하면서도 거침없이 분출하는 경쾌한 한 소절. 마치 평원을 휩쓰는 한 줄기 돌풍처럼, 혹은 깎아지른 절벽에서 떨어지는 폭포수처럼 아름답고 경쾌한 목소리가 장내를 뒤흔들었다. 그녀의 힘차고, 애절한 가락은 장병들의 우렁찬 함성과 융합하여 노래가 이어지는 동안 열광적인 분위기를 연출했다. 그녀의 감정이 최고조에 이르는 부분인 "너는 내 안에 있어~~!"에서는 그녀의 높이 솟구치는 목소리가 하늘을 찌를 듯했다.

마스터 신지는 놀라서 입을 쩍 벌렸고, 마스터 조영수도 엄

지손가락을 척 세웠다. 노래의 마지막 애드 립 부분에서 그녀
는 4단 고음으로 그 절정을 표현했다. <용두산 엘레지>에 이
은 그녀의 또 하나의 절창이었다. 마스터들도 장병들도 입을
다물 수 없을 만큼 마치 거대한 폭풍처럼 몰아친 노래였다.
장병들은 열광하며 환호를 보냄으로써 그 감동을 표현했다.

노래가 끝나자 마스터 신지는 벌떡 일어나 상반신을 움츠
리고 엄지손가락을 세워 보이며 탄성과 함께 그 감동을 표
했고, 조영수는 그녀의 탄탄한 발성을 칭찬하며 고개를 흔
들었으며, 장윤정은 박수갈채를 보냈다. 붐은 일어나 '폭풍
이 지나갔다!'라고 말하며 다른 마스터들과 함께 감동을 나
누었다.

마스터들이나 장병들은 노래가 준 감동과 충격에 모두 벌
린 입을 다물지 못하였다. 송가인의 가창력은 문자 그대로
혼을 빼놓는 엄청난 능력이었다. 사회자 김성주도 "아, 폭발적
인 가창력입니다!"라고 감탄했다.

송가인의 노래에 마스터들이 심사평을 내놓았다. 먼저 장

윤정은 트로트를 듣는 사람들이 가진 편견에 대해 말했다. 즉, 정통 트로트를 하면 다른 장르의 노래를 부를 때도 그 느낌이 짙을 것이라는 편견을 일반인들은 갖고 있다는 점을 지적했다. 그러면서 송가인은 다른 팀원 세 명의 운명을 짊어진 어려운 상황에서, 장르의 한계를 넘어서 그런 편견을 깨뜨렸다는 점을 칭찬했다.

그뿐만 아니라 송가인이 다른 장르의 노래도 최선을 다해 불러 최고의 무대를 보여주었다는 점을 지적하며, 마스터로서 정말 놀랍고 또 놀랍다는 극찬을 했다. 장윤정은 본선 2라운드 데스 매치에서 공정하지 못한 느낌을 주는 판정을 받은 송가인에게, 그녀만이 할 수 있는 장르를 뛰어넘는 불굴의 도전 정신과 놀라운 가창력에 대해 정당한 평가를 한 셈이었다. 그녀도 이제는 송가인의 가창력과 그 잠재력을 솔직히 인정하는 듯했다.

이어서 조영수가 평했다. 그는 작곡가답게 송가인의 노래에서 가장 돋보인 부분을 지적해서 말했다. 조영수는 <티어스>를 부른 송가인의 발성이 최고였다고 전제한 다음, 보통

이 노래를 부를 때 많은 가수들은 제일 높은 부분을 부를 때 소리를 눌러서 부르기에 음량이 작아진다고 말했다.

이는 잘못하면 실수를 할 수도 있기 때문이고, 따라서 대부분은 안정적으로 부르기 위해 소리를 억눌러서 약간의 반가성처럼 부른다고 전문가적인 시각에서 송가인의 발성을 분석했다. 이어 그는 송가인의 경우, 노래의 제일 높은 부분의 음량이 두 배가 더 세졌는데, 이는 그녀가 자신감에 넘쳐서 그냥 아무 두려움이 없이 높은 소리를 내질렀기 때문이라고 덧붙였다.

그리고 송가인의 현역 가수로서의 가창력에 대한 자신의 평가를 결론적으로 말했다.

"정말 어떤 극찬을 해도 아깝지 않은 가수입니다."

마스터 승희도 간단명료하게 극찬 릴레이에 가담했다. 그녀는 송가인의 노래가 너무 멋있었고, 앞서 팀의 순위가 꼴찌여서 더 긴장되었을 텐데, 그걸 이기고 정말 노래를 너무 잘 불

러 반해버렸다고 웃으며 말하면서 송가인의 가창력에 찬사
를 보냈다.

마스터 붐은 송가인에 의해 꼴찌인 '트롯 여친' 팀의 순위가
충분히 역전될 수 있음을 지적했다.

사회자 김성주는 팀 순위 1위인 '되지' 팀과 꼴찌인 '트롯 여
친' 팀 간의 점수 차가 80점이라는 사실을 상기시키며, 송가인
의 성적에 의해 80점 이상을 받게 되면 역전, 즉 1위도 가능함
을 주지시켰다.

경연 순서에 따라 마스터들과 장병들의 투표가 이어졌다.
긴장감이 돌았다. 무대에 선 채 송가인은 웃고 있었지만, 간
절함이 웃음 속에 묻어나고 있었다. 마스터들은 모두 일어선
채 긴장과 흥분, 그리고 기대 속에서 최종 순위 발표에 시선
을 집중했다.

사회자 김성주는 외쳤다.

"'트롯 여친' 꼴찌였습니다. 마지막 최종 순위, 공개해 주세요!"

팀을 위해 영혼을 불사를 만큼 혼신을 다해 절창을 한 송가인은 두 손을 합장한, 기도하는 자세로 눈을 반쯤 감고 있었다. 사회자는 계속 외쳤다.

"누가 일등입니까? 최종 순위 공개해 주세요!"

장병들도 긴장과 기대 속에서 정면을 응시하고 있었다.

사회자의 놀란 외침이 무대에 울려 퍼졌다.

"세상에!"

마스터 장윤정을 비롯해서 다른 마스터들도 모두 입을 쩍 벌리고 경악했다. '트롯 여친'이 1위였다. 정면에 설치한 대형 화면에는 송가인의 '트롯 여친' 팀이 1위임을 보여주고 있었다. 1차 미션에서 총점 1,315점으로 최하위(5위)였던 '트롯 여친' 팀은 송가인이 <티어스>를 부른 2차 미션에서 마스터 점수 957점, 장병 점수 467점, 총합 2,739점으로 순위 역전해 1위를 차지했다.

문자 그대로 기적이었다. 마스터들과 장병들이 경악한 것은 당연했다. 아무도 예상하지 못한 대이변, 극적 반전이었기 때문이었다.

장병들이 환호했다. 무대 위해 서 있던 송가인 등 '트롯 여친' 멤버들은 울음을 터뜨렸다. 사회자는 계속 목이 멘 듯 외쳤다.

"'트롯 여친'이 1위를 차지했습니다! 막판에 뒤집혔습니다! 2라운드 장병 점수 467점… 아, 송가인 씨의 활약으로 순위가 뒤집혔습니다!"

"아, 대박입니다. 이곳의 장병 여러분들께서 엄청난 일을 하셨습니다. 아, 이게 웬일입니까?"

송가인은 두 손으로 얼굴을 가린 채 울음을 터뜨리며 팀 멤버들을 얼싸안았다. 마스터들 모두가 일어선 채 벌린 입을 다물지 못하고 있었고, 장병들이 앉아 있는 관객석도 경악과 열광의 분위기가 한동안 이어졌다. 홍자가 드림 팀이라고 꾸

린 '미스 뽕뽕사단'은 팀 순위가 하락해 4위를 차지했을 뿐
이었다.

무대에 선 송가인은 마이크를 앞에 들고 눈물 어린 목소리
로 소감을 말했다.

"기적인 것 같아요. 이럴 때를 두고 기적이라고 하는 것 같
습니다. 너무 감사합니다."

이어 사회자도 말했다.

"아, 정말 예상하지 못한 결과가 나왔구요…. 정리해 드리면,
2라운드 때는 마스터 점수도 '트롯 여친'이 1위, 장병 여러분의
점수도 '트롯 여친'이 1위였습니다."

마스터 조영수는 앞서 말한 자신의 심사평에 덧붙여 최종
순위 결정에 대한 솔직한 마음을 토로했다.

'장병들은 이 무대만 가지고 평가를 했고, 그 결과를 보고'

자신은 '대중음악을 하는 사람으로서 진정 대중들의 힘이 이렇게 무섭고 정확하다는 걸 느끼면서 많이 배우고 간다'고.

장병들은 박수갈채로 화답했고, 송가인은 허리를 숙여 장병들에게 인사했다.

군부대 2차 미션에서 송가인이 <티어스>를 노래함으로써 들려준 그녀의 가창력은 본선 2라운드에서 그녀가 부른 <용두산 엘레지>보다 더 높은 그녀의 초절적인 절창이었다. 원곡자인 소찬휘의 열창을 뛰어넘는 절창이었을 뿐 아니라, 이 노래로 그녀는 자신이 트로트 장르뿐만 아니라 <티어스>와 같은 락 계통의 노래도 탁월하게 부를 수 있는 능력의 소유자임을 공표한 셈이었다.

송가인이 부른 <티어스>. 그리고 이 노래를 통해 송가인이 준결승 진출이 걸린 단체 미션에서 자신의 팀이 처해 있는 절망적인 판세를 극적으로 대역전시킨 놀라운 성과는, 미스 트롯 전체 경연 과정에서 가장 눈부시고 극적인 장면이었다. 송가인의 노래를 듣고 지켜본 많은 사람들에게는 필적할 상대가 없는 미스 트롯의 최종 우승자에 대한 예상, 그리고 현역 가수인 송가인의 절세가인(歌人)으로서의 능력을 강렬하게 각인시켜 준 하나의 이벤트가 아닐 수 없었다.

송가인과 '트롯 여친' 멤버 네 명은 모두 준결승에 자동 진출했다. 나머지 네 팀의 멤버들은 마스터들의 심사 결과에 따라 준결승 진출자들이 가려졌다. 최종적으로 16명 중 모두 8명만이 뽑혔고 8명은 탈락했다. 따라서 준결승 진출자는 12명으로 결정되었다.

송가인은 경연 6주차에서도 여전히 시청자들이 투표한 온라인 대국민 인기투표에서 1위를 달리고 있었다. 대중과 관객들의 압도적인 인기와 성원은, 송가인의 불세출의 가창력과 압도적 기세에 어떤 제동도 걸 수 없도록 했다. 또한 그녀의 상위 경연 진출을 견제해 보려는 어떤 의도도 결코 용납될 수 없음을 강력하게 추동하는 원동력으로 줄기차게 작용하고 있었다.

chapter 5.

# 팔색조의 목소리

# 레전드 미션 1

2019년 4월 18일(8주차/준결승 1라운드)

준결승은 12명이 경연을 펼쳐 그중 5명만 결승에 진출하는 방식이었다. 그리고 1라운드와 2라운드 두 차례 경연하되, 두 라운드 모두 레전드 미션이었다. 다시 말해 김연자, 남진, 장윤정 등 3명의 레전드가 좌정하고 있는 가운데 그들의 노래를 선곡하여 부르는 미션이었다.

경연에 앞서 사회자는 심사 방법을 설명했다. 마스터 7명이 각각 100점씩 주어 모두 700점 만점, 여기에 현장 평가단 300명이 각 1점씩 주어 총 300점 만점, 그리고 온라인 대국민 인기투표 점수 300점(기본 점수) 중 경연자가 몇 점을 획득하는가에 따라 순위를 결정하는 방법이었다.

마스터 조용수는 경연자들에 대한 심사 기준을 발표했다. 경연자들은 레전드의 노래 중에서 선곡하되, 그 노래의 특징을 잘 알고 자기 나름대로 소화할 수 있는가, 즉 곡 해석력에 중점을 두어 심사하며 무대를 즐길 수 있는가를 볼 것이라고 덧붙이며, 노래를 정말 세심하게 불러주어야 할 것이라고 주지했다.

경연에 앞서 참가자들은 자신이 선택한 레전드에게 개인적으로 상담을 받을 기회가 주어졌다. 송가인은 레전드 김연자의 <영동 부르스>를 선곡해서 김연자와 상담했다. 송가인은 김연자에게 노래를 어떤 느낌으로 불러야 하는지를 물었다. 김연자는 <영동 부르스>는 실연의 노래지만 약간 섹시하게, '내가 멋있다'고 생각하고 불러야 한다고 조언했다. 그리고 송가인의 말을 빌려 노래하고 밀당을 해야 한다고 덧붙였다.

송가인은 일어서서 떨리는 마음으로 "심장이 터질 것 같다"고 말했다. 그리고 악보를 쥔 손을 가늘게 떨며 노래 일부를 불러 보였다. 김연자는 노래를 미처 다 듣기도 전에 먼저 칭찬부터 했다. 즉, '가인이는 <영동 부르스>를 이미 제 것으로 만들어 놓았다'는 칭찬이었다. 그러면서 김연자의 <영동 부르스>가 아니라, 송가인의 <영동 부르스>가 돼 있어서, 더 이상 이야기할 필요가 없고, 그저 편안히 부르면 된다고 조언했다.

김연자의 조언은 송가인의 가창력과 편곡 능력을 직관적으로 통찰한 극찬이었다. 조언을 받는 경연자 입장에서는 이보다 더한 원곡자의 극찬과 격려를 기대하기란 쉬운 일이 아니었다. 김연자는 송가인의 노래 일부만 듣고도 직관적으로 그녀의 가창력이 뛰어나다는 점을 간파한 것이었다.

그러나 무대에 나선 송가인은 레전드 김연자의 극찬에도 불구하고 긴장으로 떨고 있었다. 아마 군부대 미션에서 불세출의 가창력을 연출하며 팀 멤버 전원을 준결승에 진출시키고, 그리고 온라인 대국민 인기투표에서 줄곧 1위를 달리고 있지만, 일부 마스터들의 태도는 이와 달라 이 때문에 불안감을 느끼는 건 아닌가 싶었다.

남은 라운드도 준결승 두 라운드, 그리고 결승 두 라운드 모두 네 차례뿐이었다. 예선, 본선 네 라운드 중에서 모두 세 차례 1위를 차지하며 절대 강자로서의 면모를 보였지만, 오히려 성적이 뛰어났기 때문에 더욱 잘해야 한다는 강박 관념이 긴장을 가중시킨 것 같았다. 그녀 자신도 사전에 그 점을 토로했다.

"부담감인 것 같아요. 계속 1등을 해오다 보니까, 잘해야지 잘해야지… 나는 잘해야 돼, 잘 해내야 돼, 그게 부담감이 엄청 되더라고요."

레전드석의 남진은 그녀의 강점을 잘 지적했다.

"잘하드라고. 힘이 좋던데. 그리고 호흡이 쎄, 쎄."

그러나 무대 위에서 송가인은 유난히 떨고 있었다. 그녀는 연신 손가락을 '호호' 불며 가슴 속에서 이는 불길을 끄려는 듯했다. 입술도 마르는 듯 후 후 입김을 불어내며, "아, 아… 떨려" 하며 한숨을 쉬었다. 마스터들이 나누는 대화가 들렸다. 신지는 노사연에게 "벌써 팬이 엄청 생겼어"라며 그녀의 인기를 전했다. 관객들은 '탑 찍어부러'라며 일제히 환호하며 성원했다.

사회자는 송가인을 소개했다. 지금까지 마스터들이 모두 3번이나 1위로 뽑은 강력한 우승 후보이며, 현재 온라인 대국민 인기투표 점수 1위를 기록 중이라고 소개했다. 또 준결승 레전드 미션 온라인 대국민 점수 300점 만점(기본점수)으로 시작한다는 점도 주지시켰다.

대기석의 경연자들은 물론, 마스터들도 송가인의 너무나 긴장한 모습, 떠는 모습에 놀라워했다. 그녀의 떠는 모습은 단지 준결승 첫 라운드라는 경연 무대의 무게감 때문만은 아니었을 것이다. 아마도 그녀가 노래하는 어떤 기회에도, 혹은 어느 무대에서도 최선을 다해 노래한다는 가수로서의 기본자세를 지닌 탓도 작용하는 듯했다.

사회자가 그녀의 곡명을 알리자 마스터 남우현은 이 노래가 부르기가 어려운 노래임을 지적했고, 마스터 신지는 송가인의 노래에 대한 기대를 드러냈고, 이무송 역시 송가인이 노래를 잘할 것이라고 기대와 격려를 드러냈다. 마스터들은 이제까지 출중한 가창력을 보여준 송가인에 대한 기대와 그녀가 이 노래 역시 잘 부를 것이라는 예상을 아울러 드러냈다.

레전드석의 김연자는 기대 섞인 격려의 말로 송가인을 성원
했다.

　"한마디로 해서 좋은 노랩니다. 그리고, 가인 씨한테 딱 맞
는 노래예요. 엄청 여러분 좋아하실 겁니다. 기대하시라!"

　마스터석에서도 '개봉 박두!'라는 말이 터져 나왔다.

# 송가인, 팔색조의 목소리!

<영동 부르스>(원곡: 김연자)

　무대 위에서 오늘따라 유난히 떨리는 모습을 보여주는 송가인이 드디어 노래를 시작했다. 발라드풍의 노래였기에, 그녀의 목소리와 창법은 예선에서 부른 정통 트로트인 <한 많은 대동강>이나 본선 1라운드에서 부른 락 계통의 <황홀한 고백>과 달랐다.

　또 본선 2라운드에서 정통 트로트에 판소리 가락을 삽입한 <용두산 엘레지>, 그리고 군부대 미션에서 강렬한 리듬과 템포를 살린 역동적인 락 <티어스> 등의 노래와는 그 음색이나 음질이 크게 달랐다.

　그녀는 노래에 함축되어 있는 정서에 따라 음색을 달리해서, 정서에 맞는 목소리와 창법으로 노래하는 데 능했으며,

이는 마치 숲 속을 날아다니며 아름다운 소리로 노래하는 팔색조의 현란함에 비견할 만했다.

남성과 이별하는 여성의 애달프고 슬픈 감정을 표현한 이 노래를, 송가인은 주로 중저음의 애절하고 구슬픈, 그리고 떨림을 동반한 아름다운 목소리로 시종 노래와 밀당을 하며 노래했다.

첫 절에서 감정적 고조가 가장 높은 소절인 "잊지 못할 그 추억~~"에서 그녀의 떨리면서도 아름다운 목소리는 듣는 이의 폐부를 파고들었다. 그녀의 왼손 다섯 손가락은 노래를 부름에 따라 변화하고 파동치는 감정적 굴곡을 섬세하게 나타내고 있었다.

노래가 끝났을 때 레전드 석에 앉아 있는 남진이 장윤정에게 건네는 말이 들렸다. 남진은 방금 송가인이 노래를 끝낸 <영동 부르스>의 장르적 성격에 할 말이 있는 듯했다. 남진은 "소리가 좋네"라고 먼저 송가인의 목소리를 칭찬했다.

남진은 이어 블루스란 장르의 노래를 부르기가 쉽지 않음을 대선배다운 경험에서 우러나오는 말로 들려주었다. 즉, 블루스는 밋밋해서 부르기 어려운데, 트로트와 비교하면 트로트는 띠 띠 따 따 막 섞어서 하면 되지만, 블루스는 쭈욱 나가는 특징이 있어 잘못하면 밋밋해져 버리기에 부르기가 어렵다는 요지였다.

레전드 남진이 지적한 대로 부르기가 어려운 장르의 성격을 가진 <영동 부르스>를 송가인은 긴장 속에서도 자기의 개성에 맞게 편곡해서 감정이입을 최대한 조절해 가며 아름답고, 애절하고, 섬세하게 불렀지만 마스터들이 준 점수는 의외로 높지 않았다.

마스터 조영수는 무대에 서 있는 송가인에게 이해하기 어려운 긴 심사평을 늘어놓았다. "레전드의 무대가 진짜 어렵긴 어렵네요"라고 운을 뗀 후, 그는 다음과 같은 요지의 발언을 했다.

첫째, 송가인의 노래를 들으며 원곡자인 김연자라면 어땠을까 머릿속에서 비교를 했다고 했다. 둘째, 송가인은 어떤 무대를 하나 항상 점수는 90점 이상을 받고 자주 100점도 받는 '학생'이지만, 오늘은 딱 90점이라는 것이었다. 셋째, 그동안 송가인의 창법은 항상 음을 찍어서 부르는 창법이 많고, 그래서 듣는 이들이 대개 '아, 시원하다, 가창력이 있다는 반응을 얻었다는 것이었다.

그다음 조영수는 <영동 부르스>를 부르는 창법에 대해 '학생'인 송가인에게 충고했다. <영동 부르스>는 전체적으로 소리를 죽이면서 밀당을 해야 좋게 들리는 곡이며, 송가인이 그러한 소리를 갖고 노는 연습을 좀 더 하면 어떤 노래도 100점 받을 수 있는 가수가 될 수 있을 것이라는 말이었다. 결론적으로 그는 "아쉬운 점이 많이 남았던 무대인 것 같아요"라고 말했다.

마스터들 중에 조영수는 누구인가? 그는 마스터들 중에 유일한 작곡가로 참가자들의 노래에 대해 전문적인 관점에서 가장 충실하고 설득력 있는 평가와 조언을 할 수 있는 자격과 능력이 있는 인물이었다. 그런데 그의 심사평은 객관성과 공정성의 잣대가 적용되었는지 의문이 들었고, 자신이 세운 논리를 스스로 뒤엎는 모순된 태도는 아닌지 하는 생각이 들었다.

왜냐하면, 준결승 첫 라운드가 시작되기 전에 조영수는 마스터들을 대표해서 심사 기준을 발표하면서, 경연자는 레전드의 곡 중에서 선택한 노래의 특징을 잘 알아서 나름대로 소화할 수 있는 능력을 가져야 하며, 이 곡 해석력에 평가의 중점을 둘 것이라고 공언했기 때문이었다.

이런 기준을 기억하고 있는 경연자나 시청자들은 조영수가 송가인의 노래를 들으며 원곡자라면 어땠을까 상상하며 비교했고, 그 결과 아쉬운 점이 많이 남았고, 점수는 딱 90점이라고 한 평가에 자신이 발표한 심사 기준을 제대로 적용했는지 의문이 들 수밖에 없었다.

이뿐만 아니라, 송가인의 창법에 대한 평가는 송가인의 노래를 들은 관객이나 '미스 트롯' 오디션 개시 2주차부터 매주 그녀를 줄곧 온라인 대국민 인기투표 1위에 올린 시청자들의 평가와는 사뭇 달랐다.

도대체 경연장에서 송가인의 노래를 들으며 환호하는 많은 관객들, 그리고 온라인으로 그녀의 노래를 들으며 감동하고 성원을 하는 그 많은 시청자들이 단지 송가인의 창법이 시원시원해서 그녀의 노래에 귀를 기울이고 환호하고 있단 말인가?

더구나 송가인이 노래와의 밀당이 부족했다는 지적은, 송가인이 노래를 부르기 전에 레전드 김연자와 상담하는 기회에 김연자의 조언을 받아 이미 이를 편곡해서 자신의 노래에 반영한 사실을 모르고 한 말이었다.

아울러 현역 가수인 송가인을 '학생'이라 지칭하면서 밀당하는 연습을 좀 더 많이 하면 더 좋은 가수가 될 수 있을 것이라는 충고는 송가인의 현역 가수로서의 능력에 대한 일말의 불신을 내포하는 것처럼 들렸다. 송가인의 무대에 환호를 보내는 수많은 관객이나 시청자들에게는 결코 적절해 보이지는 않는 말이었다.

거듭 지적할 것은 조영수가 지적한 노래와의 밀당하기와 섬세한 표현은 실상 송가인이 이미 노래에 반영해서 명곡으로 만들어 놓았다는 사실이다. 송가인은 '블루스는 밋밋해서 부르기가 어려운 장르'라는 레전드 남진의 말대로, 밋밋한 블루스곡을 나름대로 완벽하게 해석해서 아름답고 애절하고 섬세하게 불러 보였다.

조영수의 심사평에 대해 레전드 김연자가 불편한 심기를 보인 것은 당연한 일이었다. 왜냐하면, 마스터 조영수는 사실 레전드 김연자가 사전의 상담 기회에 김연자가 송가인에게 준 조언과 지도 내용을 송가인이 이미 완벽하게 자기 것으로 만들어서 노래에 반영한 것을 모르고, 같은 내용을 지적했기 때문이었다.

레전드는 경연자들에게 점수를 줄 수 없지만, 김연자는 조영수의 심사평이 끝나자마자 그의 발언을 반박했다. 그녀는 자신이 처음 작곡가에게 <영동 부르스>를 받았을 때 굉장히 어려운 노래라고 생각했다면서, 짧은 시간에 연습을 해서 무대에서 발표해야 하는 경연 룰을 감안할 때, 송가인이 부르기 어려운 노래를 잘 소화해서 이처럼 멋진 노래로 불러준 것은 극찬을 받아 마땅하다고 말했다. 그녀는 말했다.

"나는 가인 씨에게 200점을 주고 싶어요!"

나아가 그녀는 조영수가 관심조차 보이지 않은 송가인의 가수로의 가장 큰 장점을 지적했다.

"우리 남진 선배님이 뭐라고 했는지 아세요? 가인 씨를 툭 찌르면 그냥 힘이 쏟아질 것 같다."

레전드 남진이 대답했다.

"맞아, 맞아. 원체 노래를 잘하니까. 힘이 좋네, 소리가. 누르면 터질 것 같아. 빵빵해, 소리가."

김연자는 송가인을 격려했다.

"잘했어요!"

가수로서 노래에서 가창력만큼 중요한 강점이 무엇이 있겠
는가? 송가인은 <용두산 엘레지>, <티어스>에서 보여준 하늘
높이 치솟은 고단 고음을 자제하고, 부르기 어렵다는 블루
스곡을 완벽히 자기의 노래로 소화, 편곡해서 아름답고, 애절
하고, 섬세한 가락으로 불렀다. 왼손 다섯 손가락의 미세한
움직임은 그녀의 시시각각으로 변화하는 감정의 추이를 잘
나타내 주었다. 그런데 마스터 조영수의 평가는 경연의 흥미
를 배가하려는 의도였는지는 모르겠으나 이해하기 어려웠다.

원곡자인 레전드 김연자가 극찬을 했고, 레전드 남진이 송
가인의 가수로서의 가장 큰 강점을 언급했지만, 조영수의 심
사평이 영향을 끼쳤는지 혹은 이심전심으로 마스터들이 의기
투합했는지 송가인은 이 무대에서 마스터들에게 700점 만점
에 627점을 받는 데 그쳤다. 결코 높지 않은 점수로 송가인의
표정은 굳어져 있었다.

준결승 1라운드에서 송가인은 '온라인 대국민 투표 점수'
300점, 마스터 점수 627점, 관객 점수 245점, 최종 집계 1,172점
을 받아, 1,196점을 받은 1위 정미애, 1,189점을 받은 2위 홍자

에 이어 순위 3위에 자리했다.

마스터들이 비교적 낮은 점수를 준 점은 그렇다 해도 '온라인 대국민 투표 점수'에서 300점 만점을 받은 송가인이 관객 점수에서 1위 정미애보다 33점이나 뒤진다는 사실도 납득하기 어려운 일이었다. 관객은 부르기 어려운 블루스곡을 아름다운 중저음을 위주로 정감 있게 부른 송가인보다 노래의 굴곡이 심하고 성량을 높여 노래한 정미애에게 더 많은 점수를 준 것 같았다.

준결승 첫 라운드의 최종 점수 집계가 발표되자 마스터석은 난리가 났다. 마스터들은 모두 기립해서 환호하며, 포옹하며 흥분된 과잉 반응을 적나라하게 나타냈다. 일부 마스터는 송가인의 3위 하락을 "맙소사!"라며 놀라워했다. 어찌 보면 마스터석의 전반적인 분위기는 송가인의 순위 하락을 경연의 재미를 위해 반기는 것도 같았다.

송가인은 웃고 있었다. 의외의 결과에 다소 당황해하지만, 웃음기를 잃지 않고 있었다. 그녀는 말했다

"나도 3등을 할 수 있구나. 나도 내려갈 수 있구나를 그때 생각했어요."

송가인은 그러면서도 아마 나머지 라운드에서 더욱 분발해 반드시 최종 우승을 차지하고 말겠다는 각오와 투지를 다짐했을 것이다. 이는 다음 라운드부터 펼쳐지는 그녀의 압도적인 무대에서 실현된다.

그러나 그녀가 최종적으로 '미스 트롯'의 우승자 '진'으로 뽑힐지는 여전히 안갯속이었다. 일부 마스터들이 여전히 그녀에게 호의적이지 않은 것 같은 분위기 때문이었다.

송가인이 3위를 하며 경연은 갈수록 마치 널뛰기하듯 불측으로 빠져들었고, 일부 마스터들의 태도는 이를 더욱 부채질하였다. 송가인 자신이나 그녀의 노래에 매혹되어 그녀를 성원하는 수많은 시청자들, 관객들 역시도 출렁다리 위에 올라앉은 듯 가슴을 졸이며 불안한 마음이 요동치지 않을 수 없었다.

# chapter 6

# 절창, 그녀의 절창

# 레전드 미션 2

2019년 4월 25일(9주차/준결승 2라운드)

준결승 2라운드도 역시 레전드 미션이었다. 경연 룰은 12명의 경연자 중 2명씩 자신이 선택한 레전드의 성명과 알파벳 기호가 쓰인 패널을 임의로 선택해 표기명이 일치할 경우, 두 경연자가 하나의 노래를 갖고 일대일로 대결하는 데스 매치였다. 여기에서 평가는 300명의 관객이 1점씩 줄 수 있는 총 300점 만점을, 같은 한 곡을 차례로 부른 두 경연자가 관객들의 평가에 따라 나누어 갖는 방식이었다.

이색적인 것은 마스터들은 두 경연자의 대결이 끝난 뒤 의견은 하트로 발표할 수 있지만 채점은 할 수 없다는 점이었다. 이 방식은 소수의 마스터들이 서로 의기투합해서 특정 경연자에게 유리하거나 혹은 불리한 평가를 할 가능성을 줄일 수 있다는 점에서 그 나름대로 장점을 지닌 평가 방식이라고

할 만했다. 특히 송가인과 같이 시청자들과 관객들의 반응에 크게 의존해야 할 경연자의 경우, 이 방식이 유리할 가능성은 매우 컸다.

준결승 첫 라운드에서 3위를 차지한 송가인은 7위를 차지한 김소유와 경연의 마지막 순서로 대결하게 되었다. 김소유는 비록 7위에 올랐지만, 관객 점수에서 최다 득표를 기록할 정도로 아름다운 목소리와 뛰어난 가창력을 가지고 있어서 결코 만만한 상대는 아니었다. 그리고 송가인과 김소유 간의 첫 라운드 총점수 차는 단 77점이었다.

두 경연자가 노래를 시작하기 전에 마스터석은 흥분된 분위기가 가득했다. 마스터 장윤정은 "이건 완전 전쟁이야! 난리 났다. 이렇게 둘이 붙어서 어떡해요"라고 말했고, 마스터 조영수, 신지는 결과를 알 수 없다고 말하며, 결과에 대한 예측을 삼가는 신중한 태도를 보였다.

두 경연자가 준비한 노래가 레전드 김연자의 <진정인가요>라고 사회자가 소개하자, 즉시 마스터들의 반응이 일었다. 신지는 '선곡만 보면 누가 이길지 모르겠다'라고 말했고, 조영수는 '둘 다 제일 잘하는 분야'라고 맞장구쳤다. 반면, 레전드 김연자는 '이 노래는 두 사람 모두에게 어려운 노래'라고 말하면서 두 경연자를 모두 걱정했다.

노래의 경연에 앞서 송가인과 김소유가 한 곡 미션에서 대결하게 된 장면이 비쳤다. 김소유는 처음 자기가 뽑은 상대가 송가인인 줄 알고 두려움을 품고 크게 좌절한 듯했다. 그러나 송가인과의 대결이 자신의 존재감을 높일 수 있고, 또 자신이 준결승 첫 라운드 관객 점수에서 최다 득표를 한 사실을 상기한 것 같았다.

그래서 잘하면 승산도 있고, 또 최종적으로 1등도 할 수 있다고 긍정적으로 생각하면서, 대결 의지를 불사른 것 같았다. 한편, 송가인도 김소유를 결코 손쉬운 상대로 보지 않았다. 그녀는 앞으로 가야 할 길이 멀고 불투명하며, 따라서 김소유와의 데스 매치에서도 낙관해서는 안 되고, '혼신의 힘을 다해 보여주어야 한다'고 단단히 다짐하는 모습이었다.

# 절창, 그녀의 절창

<진정인가요>(원곡자: 김연자)

김소유가 선공을 펼쳤다. 그녀는 그녀 특유의 비단결처럼 부드럽고 매끄럽고 아름다운 목소리로 노래의 첫 절을 부르기 시작했다.

"잊어달라 그 말이 진정인가요. 미련 없다 그 말이 진정인가요~~"

첫 소절을 불렀을 때, 마스터석에서 탄성이 나왔고, 노래가 진행되면서 반응은 더 커졌다. 마스터 조영수는 '너무 잘한다'고 탄성을 질렀고, 마스터 남우현은 '기복이 없다'라고, 박현빈은 '이러면 결과를 모르겠다'고, 신지는 '미치겠다!'라고 각각 짤막하지만 경탄 섞인 반응을 토해냈다. 관객들도 열띤 반응을 보였다. 환호와 박수갈채가 터져 나왔다.

송가인이 후공을 펼쳤다. 그녀는 같은 노래의 둘째 절을 강렬하고 애절하고 떨리는, 통 큰 울림과 아름다운 목소리로 노래하기 시작했다. 그녀의 떨리는 강하고 아름다운 목소리는 듣는 이들이 마치 처음 듣는 목소리처럼 낯설게 느껴지는 것이었다. 그것은 그녀가 낼 수 있는 다양하고 다채로운 색조의 목소리 중 하나인 듯했다.

보통 트로트의 청자들이 들을 수 있는 그런 귀에 익은 목소리가 아니었다.

"잊어달라 그 말이 진정인가요~~ 냉정하던 그 말이 진정인가요~~"

그녀가 노래의 첫 소절을 불렀을 때, 마스터석에서 탄성이 터졌다. 대기석에서도 일부 경연자는 감탄과 함께 "어우, 소름!" "어떻게 저렇게 부르지?"라며 놀라워했다.

그녀는 목으로가 아니라, 온몸으로 노래하고 있었다. 그녀는 목에서가 아니라 가슴에서, 아니 단전에서부터 소리를 분출하는 듯했다. 그녀의 표정에서, 손과 손가락의 움직임에서 그녀가 혼신을 다해 노래하고 있음을 읽을 수 있었다. 본선 2라운드 데스 매치에서 그녀가 <용두산 엘레지>를 부른 이후, 이처럼 몸과 마음을 다 바쳐 강렬하고 떨리는 목소리로 아름답게 노래한 적은 없었다.

그녀는 심신 일체라기보다 심, 신, 혼이 일체가 되어 무아경에서 노래하는 듯했다. 보고 듣는 이들에게 전율을 불러일으키는 노래였다. 일찍이 영국 낭만파 시인 윌리엄 워즈워스가 "춤추는 이의 춤이 최고조에 이르렀을 때, 어떻게 춤과 춤

추는 이를 분리할 수 있겠는가?"라고 한 명언을 생각나게 하
는 장면이었다. 노래가 끝을 향하고 있는 부분에서 그녀의
얼굴은 창백해지고, 마이크를 쥔 손과 감정을 표현하는 왼손
의 손가락, 입술까지도 덜덜덜 떨리고 얼굴에서는 땀이 배어
나왔다.

송가인은 이 노래에서 최고조의 감정이입을 보여주었다. 자
신을 버리고 떠나는, 사랑하는 사람에 대한 슬픔과 한의 정서
를, 노래 속에 묘사된 극적 장면 속에서 자신을 화자로 설정
해서 놀라운 몰입을 통해 아름다운 가락으로 승화시켰다.

사실, 정통 트로트를 주로 부르는 송가인에게 감정이입은
이 노래에 한정된 강점이 아니었다. 그녀가 처음 100인 예선전
에서 <한 많은 대동강>을 불러 마스터들과 수많은 시청자들
에게 놀라움과 감동을 불러일으켰을 때부터, 정통 트로트
곡인 <용두산 엘레지>, 발라드 트로트 곡인 <영동 부르스>
를 부를 때까지 그녀는 한결같이 감정이입에 천부적인 재능
을 보여주었다. 만일 감정이입에 소홀하거나 감성이 부족했다
면, 어떻게 1950년대의 노래로 그 많은 사람들을 감동시키고

그들에게 희열을 안겨 주었겠는가?

일부 마스터들이나 경연자가 그녀에게 '감정 부족' 운운하거나, 그녀가 노래하는 '기계'라는 따위의 험담을 늘어놓은 것은 전혀 근거 없는 비방에 가까운 감정적 발언이었다.

노래가 끝나서 관객들이 무대를 향해 열화와 같은 함성과 박수갈채를 보내는 데도 여운은 오래 지속되었다. 그녀는 슬픔과 한이 서린 감정에 몰입해 있던 극적인 심적 분위기에서 쉽게 벗어나오지 못하고 있었다. 창백한 얼굴은 비장해 보였고 눈에는 눈물이 어려 있었다.

사회자는 말했다.

"아, 마지막 무대, 어마어마합니다. 눈물이 나올 정도로 엄청난 무대였습니다."

그리고, 원곡자인 레전드 김연자가 눈물을 찍어내고 있는 모습을 지적했다. 김연자는 자신의 꿈을 이루게 한, 어려운

이 노래를 두 경연자가 너무너무 잘 불러줘서 고맙다고 치하했다.

마스터들의 심사평이 이어졌다. 지금까지 송가인에 대해 롤러코스터를 태운 듯한 심사평을 하던 장윤정도 이제는 송가인의 불세출의 가창력을 인정하는 태도를 보였다. 그녀는 송가인이 떠는 모습을 처음 보았고, 노래가 끝난 뒤에도 그 감정이 이어져서 울먹이는 모습을 보인다고 칭찬하면서도 김소유와 송가인 두 사람의 가창 태도를 함께 칭찬했다.

채점과는 무관한 마스터들의 평가는 송가인이 5 대 2로 하트를 더 많이 받았다. 그러나 관객 점수를 알려주지 않았다. 경연이 끝난 후 퇴장하면서 송가인은 하트를 적게 받은 대학 후배인 김소유를 위로했다. 그녀는 김소유의 노래를 칭찬하면서 둘은 경쟁자라기보다 한 팀이었다고 말했다. 이어서 노래할 때 자신의 감정적 태도를 언급했다.

"감정이 갑자기 막 올라오니까 눈알이 튀어나올 것 같은 거야!"

이 표현처럼 <진정인가요>의 한 절을 부를 때 그녀의 감정 이입의 정도를 잘 표현하는 말은 없을 것이다.

송가인이 준결승 2라운드 일대일 데스 매치에서 레전드 김 연자의 트로트 곡 <진정인가요>의 둘째 절만을 불러 이를 금 빛 찬란한 절창으로 만든 것은 본선 2라운드에서 그녀가 부른 <용두산 엘레지>보다 더한 성과며, '미스 트롯' 경연 전체 과정에서 그녀가 이룩한 가장 빛나는 부분이었다.

따라서 결승에서의 경연은 불세출의 가수로서의 송가인, 그녀의 무한한 잠재력을 실현하는 천상의 목소리를 추인하는 과정에 지나지 않을 것으로 보였다. 그러나, 아직 목적지까지는 두 단계가 남아 있었다. 완전히 안심하기는 일렀다. 그리고 그녀의 앞길에는 예측할 수 없는 불안하고 불온한 그림자가 아직도 엷게 그늘을 드리우고 있었다.

송가인은 준결승 2라운드에서 관객 점수 204점(경연자들 중 최고점)을 받아 최종 점수 1,376점으로, 첫째 1라운드 순위 3위에서 최종 순위 1위로 최상단에 다시 올랐다. 군 부대 미션에서 반전을 이룬 이후 또 한 번의 반전을 이루면서 총 네 번에 걸쳐 1위를 차지한 것이었다.

역시 시청자와 관객은 위대했다. 경연 2주차부터 매주 줄곧 온라인 대국민 인기 투표 1위를 송가인에게 안겨 준 시청자들과 경연장의 관객들은 송가인의 노래에 대해 거의 같은, 무섭도록 깊은 감동과 열광적인 반응을 보인 것이다.

앞선 군 부대 미션에서 송가인이 <티어스>를 열창해서 장병들의 폭풍 반응을 이끌어 '트롯 여친' 팀을 1위로 끌어 올린 대반전을 이루었을 때, 마스터 조영수는 가요를 듣는 대중의 평가 능력에 대해 반성적 발언을 한 적이 있었다. 그는 가요를 듣는 '대중들의 힘이 무섭고 정확하다고 하는 걸 느끼면서 많이 배우고 간다'고 말했다. 그의 언행이 일치했는가 여부를 떠나 한 가지 분명한 사실은 그의 말대로 진정 대중들의 힘은 무섭고 정확했다는 점이었다.

준결승에서 1위를 차지한 송가인은 정미애, 홍자, 정다경, 김나희와 더불어 결승에 진출했다. 준결승에서 노래한 정미애는 폭넓은 음역와 성량, 시원하고 아름다운 목소리를 갖고 있었고, 홍자, 정다경, 김나희도 나름대로 아름다운 목소리와 가창력에서 강점을 갖고 있었다.

그러나, 그들의 목소리는 그동안 기성 가수들에게서 자주 들어온 낯익은 것들이었고, 따라서 모두 기성의 유수의 가수들 수준을 뛰어넘을 정도의 능력은 되지 못하는 것으로 보였다. 대중들은 바르게 알고 있었다. 무엇이 뛰어나게 새롭고 낯설며, 그리고 찬란하게 아름다운가를.

chapter 7.

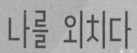

# 나를 외치다

# 작곡가 미션

2019년 5월 2일(10주차/결승 1라운드)


결승전은 역시 1, 2라운드로 나뉘어, 1라운드는 '작곡가' 미션으로 특정 작곡가의 미발표 노래 중 한 곡을 경연자가 선택해서 부르는 경연이었다. 그리고 2라운드는 '인생곡' 미션이었다.

송가인은 1라운드 마지막 순서로 노래하게 되어 있었다. 무대에 서기 전 경연자들에게는 노래의 작곡자와 만나 필요한 상담과 조언을 받을 기회가 주어졌다. 송가인은 작곡가 윤명선의 <무명 배우>란 노래를 선택했고, 그에게 조언을 받기 위해 그의 녹음실을 방문했다. 두 사람의 만남은 송가인이 준결승 2라운드에서 <영동 부르스>를 부르기 전에 원곡자인 김연자를 만나는 장면과 비슷했다.

송가인과 마주 앉은 윤명선은 처음에 송가인이 <무명 배우>를 부른다는 사실에 다소 부정적인 태도를 보였다. 그는 이렇게 운을 떼었다.

"저는 처음에 김나희 씨가 톤이 맞지 않을까? 두 번째 홍자씨를 보면서 저 목소리도 어울릴 수 있겠다, 두 분 쪽을 생각하고 있었는데…" 그리고 말을 이어갔다.

"저는 이 노래를 송가인 씨가 부른다고 해서 이걸 어떻게 같이 연습해야 되나, 조금 고민했어요. 지금 송가인 씨가 부르는 건 정말 시원시원하게 한국인의 대표적인 정통 스타일대로 대중들한테 보여주셨고…"

그리고 가장 핵심적인 요점을 지적하고 송가인에게 물었다.

"이 노래는 조금 섬세하거든요. 해낼 수 있을까요?"

송가인은 윤명선을 보고 수줍게, 그러나 밝게 웃으며 대답했다.

"해 내도록 노력하겠습니다. 잘 도와주세요."

그리고는 앉은 채 노래의 첫 소절을 낮으막한 음성으로 불러보았다. 윤명선은 눈을 크게 뜨고 송가인을 응시했다. 그리고 일어섰다. 송가인은 긴장한 눈길로 윤명선을 바라보았다. 윤명선은 화답해 말했다.

"지금, 난 너무 좋은데요. 어쨌든 국악의 목소리가 이 트로트 발라드에 들어오니까 너무 독특해요!"

윤명선은 직관적으로 트로트에 국악을 접목시키려는 송가인의 창의적인 시도를 간파한 것 같았다. 본선 2라운드에서 홍자와 데스 매치를 벌일 때, 송가인은 <용두산 엘레지>를 부르면서 정통 트로트 곡에 판소리의 하늘 높이 솟구치는 한 서린 고음 가락을 애드 립으로 삽입하는 독창적인 시도를 했다.

그러나 마스터들의 공감을 받지 못하고 탈락하는 이변을 겪은 바 있었다. 이와 달리 윤명선 작곡가는 국악의 목소리가 섞인 송가인의 특유의 목소리를 긍정적으로 평가해서 성원하는 태도를 보였다.

녹음실 한구석 소파에 앉아 송가인은 연습에 열중했다. 그리고는 앞에 있는 사람에게 자신이 선곡한 노래에 대해 가슴 아픈 술회를 했다.

"그렇지 않아요? 여기 대본도 없이 울던 무명 배우라고… 저는 무대도 없는 무명 가수… 그러니까 제가 울컥울컥하더라고요…"

그녀는 윤명선이 작곡한 노래 <무명 배우>를 오랜 무명 가수로 고난과 시련을 겪은 자신과 동일시하고 있었다. 즉, 노래 속의 무명 배우는 '무명 가수' 송가인이었고, 노래 속의 극화된 이야기는 송가인 자신의 이야기였다.

노래에 앞서 사회자는 송가인을 관객들에게 새삼 다시 소개했다. 사회자는 송가인이 100인 예심, 본선 1라운드, 3라운드, 준결승 1위로 결승에 진출한 강력한 우승 후보라고 소개했다. 그리고, 송가인이 윤명선 작곡가의 <무명 배우>를 선곡했음을 주지시키고, "과연 어떻게 해석해서 본인의 곡으로 소화해 내실지…" 기대와 의문이 섞인 말로 소개를 끝냈다.

송가인은 무대 위에서 여전히 떨고 있었다. 그녀는 준결승 2라운드 레전드 미션에서 <진정인가요>를 부를 때 가장 많이 떨었다. 이때는 노래를 하면서 감정이입을 극대화하기 위해 혼신의 힘을 다 쏟는 과정에서 거의 자연적으로 안면과 입술, 그리고 마이크를 쥔 손, 감정을 묘사하는 왼손의 손가락이 떨린 것이었다. 그러나 이 번 무대에서는 노래를 하기 전에 심한 긴장감이 그녀를 떨리게 하는 것 같았다.

마스터 붐은 송가인을 관찰하고 "가인 씨가 이렇게 떠는 것은 처음 본다. 너무 떨고 있어"라고 말했다. 그녀는 왜 오디션 전체 과정에서 가장 결정적인 결승 라운드에서 노래를 부르기 전에 떨고 있을까? 사실 객관적으로만 보더라도 이번 결승 1라운드와 다음 2라운드는 송가인의 우승 후보로서의 실력과 성적을 확인하는 단계에 불과할 수 있었다.

그러나 송가인은 그 동안 탁월한 가창력과 경연 성적을 올

렸음에도 불구하고, 불안과 긴장을 떨쳐버릴 수 없는 것 같
았다. 그녀는 그녀의 오디션 무대 등장과 불세출의 가창력,
그리고 나날이 치솟는 대중들의 인기에 대해 일부 마스터들
이 품고 있는 비호감과 불편감이 종착점을 향해 다가가고 있
는 결승 단계에서 그녀의 꿈을 좌절시킬 수 있다는 점을 마
음 속에서 불안해 하고 있는 듯했다.

그녀의 표정은 밝지 않았고, 긴장 속에서 가늘게 떨고 있었
다. 마스터 붐이 그녀가 떨고 있는 모습을 처음 본다라고 말
한 것은 이를 지적한 것이었다. 그녀는 오직 자신의 가창력만
으로 승부할 수밖에 없다고 확신하고 있는 것 같았다.

# 송가인, 나를 외치다!

<무명 배우>(작곡가: 윤명선)

　반주가 나오면서 송가인은 노래하기 시작했다. 노래에는 이
야기가 함축되어 있었고, 그 이야기의 주인공은 바로 송가인
자신이었다. 무명 배우는 '무명 가수'였다. 따라서 극화된 노래
의 상황 속에서 그녀의 노래는 마치 그녀 자신의 오랜 무명
가수 기간 중에 체험한 가난하고 힘들었던 삶의 역정을 표백
하는 것 같았다.

　송가인의 목소리는 강하고도 아름다웠다. 울음을 삼키는
듯한 떨림을 머금은 강렬하면서도 애절한, 그리고 한을 토해
내는 듯한, 형언할 수 없는 아름다운 목소리가 장내를 순식
간에 가득 채우기 시작했다. 첫 소절을 불렀을 때 대기실에
서 참가자들이 탄성을 질렀다. 그녀는 노래의 감정이 최고조
에 이르는, 가장 정채로운 소절을 부르고 있었다.

## "사랑이 사랑을 사랑할 때 저 별처럼 빛날까요?"

무의미한 독백이지만 주인공이 표백하는 한과 슬픔의 정서는 송가인의 아름다운 목소리에 승화되어 스스로를 달래며, 그리고 노래를 듣는 마스터들, 많은 관중들의 심혼을 뒤흔들고 있었다.

이어 "한 방울 또 한 방울 눈물이 흘러내리죠."라고 불렀을 때, 카메라는 잠깐 대기실의 참가들의 모습을 비췄다.

대기실에 앉아 있던 많은 참가자들이 놀라고 비감해 있었고, 준결승에서 아깝게 6위로 탈락한 숙행은 눈물을 찍어내고 있었다. 관객들은 열광적으로 환호하며 박수갈채를 보내고 있었다. 송가인은 늘 그래 왔듯, 그녀의 특유의 제스처인 왼손 손가락의 움직임으로 감정의 추이와 굴곡을 표현하며 노래를 마쳤다.

송가인이 부른 <무명 배우>는 송가인이 지닌 목소리에서 특히 불가사의할 만큼, 강하고 아름다운 특색을 나타낸 노래였다. 여가수의 목소리에서 강한 울림과 아름다움을 융합한다는 것은 거의 유례를 찾아보기 힘든 사례일 터였다.

　트로트 곡을 부르는 대부분의 기성 여가수들은 흔히 목에서 소리를 내는 섬세하고 곱고 간드러진 목소리, 그리고 이른바 '꺾기'라는 수법에 의해 감정이나 분위기를 조절하지만, 이런 목소리의 색조가 통 큰 강한 울림을 동반하는 경우는 드물었다.

따라서 울림이 강하면서도 아름다운 목소리, '강함'과 '아름다움'을 조화시키기는 매우 어렵고, 여기에 한이나 슬픔을 머금은 '떨림'의 색조를 수반시키기는 거의 불가능한 기능일 터였다. 그러나 초절적인 목소리와 열정적인 자세로 노래에 몰입한 송가인은 <무명 배우>에서 그녀만이 지닌 유니크한 팔 색조의 목소리, 절세의 가창력을 십이분 발휘해서 관객들을 감동의 도가니에 몰아 넣었다.

송가인의 노래가 끝나고, 마스터 조영수가 먼저 심사평을 했다. 그는 오디션이 거의 막바지에 이른 현시점에서 송가인이 어떤 경연자들보다 탁월한 가창력과 편곡 능력을 가지고 있음을 어느 정도 인정하고 있는 듯했다.

송가인의 노래에 대한 그의 심사평은 매우 호의적이었다. 그는 <무명 배우>는 발라드 치고는 템포가 빠른 노래여서 부르는 데 아마 감정을 불어넣을 여유가 거의 없었을 것이라고 전제한 다음, 그럼에도 불구하고 그녀가 그 동안 많은 무대를 했지만, 이 노래에서 감정이 제일 많이 들어갔다고 생각한다고 말했다.

"본인이 이 곡에 감정이입이 더 많이 됐을 수도 있고… 너무 좋게 들었습니다."

호평이라고 할 만했다.

다음으로, 사회자는 작곡자 윤명선과 특별한 인연이 있다는 마스터 장윤정에게 심사평을 부탁했다. 장윤정은 이렇게 말했다.

"윤명선 작곡가님은 노래를 만들어 놓고 이렇게 해라, 저렇게 해라 말이 많으신 분이 아니에요. 대신 분위기에 대해 그림을 그려주는 분이어서… 내 노래 안에서 네가 한 번 자유롭게 놀아 봐라 하는 스타일이신데… 오늘 가인 씨는 그 곡 안에서 제대로 놀았다고 생각됩니다."

어떤 관점에서 보면 송가인의 탁월한 편곡 능력을 칭찬하는 것 같기도 하지만, 또 다른 관점에서 보면 송가인이 노래를 자의적으로 불렀다는 비판적 견해로 비칠 수도 있는 발언이었다.

송가인의 노래를 마지막으로 결승 1라운드가 모두 끝났다. 송가인은 마스터 점수에서 648점으로 1위를 차지했다. 높은 점수를 아니었지만, 그녀는 밝게 웃으면서 기쁨을 표현했다. 결국 송가인은 마스터 점수 648점에 온라인 대국민 투표 점수 300점(1위), 관객 점수 211점을 얻어 최종 점수 1,159점으로 1위를 차지해 결승 2라운드를 치르게 되었다.

chapter 8.

# 신이 내린 목소리

# 인생곡 미션

2019년 5월 2일(10주차/결승 2라운드)

이제 오디션 전체 과정은 최종 단계에 이르렀다. 이번 라운드는 인생곡 미션이라고 했다. 물론 '인생곡'이란 용어가 시사하는 바와 같이, 이는 그 가수의 삶에서 가장 의미 있는 노래라는 뜻으로 여겨졌다.

송가인은 정통 트로트 곡인 <단장의 미아리 고개>(원곡자: 이해연)를 선택했다. 예선전에서의 <한 많은 대동강>과 같이 이 노래 또한 6·25전쟁이 발발했던 1950년대의 노래였다.

사회자는 송가인이 선택한 이 노래가 왜 송가인의 인생곡인가를 간단하게 해설해 주었다.

"이 곡은 송가인 씨가 부르면 부를 때마다 어렵고 힘들어서 초심을 찾게 해 주는 인생곡이라 합니다."

송가인이 인생곡으로 <단장의 미아리 고개>를 선곡했다는 사실을 알게 된 일부 마스터들은 그녀의 결의와 비장감을 읽은 것 같았다. 신지는 "던졌네. 던졌어. 쏟아 부었어"라고 말했고, 노사연은 "아유, 떨려, 떨려!"라고 송가인의 심경을 대신 표현했다.

무대로 나오기 전에 카메라는 잠깐 송가인의 얼굴을 비추었다. 송가인은 "왜, 이렇게 어지럽지?"라고 독백했다. 그리고는 "후-우!" 하고 한숨을 쉬었다. 그녀의 얼굴 표정에는 긴장과 근심이 가득했다. 아마도 그 까닭은 여전히 그에게 비호감을 갖고 있는 듯한 일부 마스터들에 대한 불안과 불신 때문인 듯 비쳤다.

송가인이 긴장하고 근심했던 이유는 바로 그녀의 앞 순서로 노래한 홍자, 그리고 그녀의 노래가 끝난 후 홍자에게 바친 일부 마스터들의 심사평 때문이었을 가능성도 있었다. 본선 2라운드에서 마스터들의 호의로 한 번 송가인을 꺾어 본 홍자는 자신의 인생곡으로 윤시내의 〈열애〉를 불렀다.

　홍자로서도 결승 무대의 경연자들의 점수 차, 특히 경쟁자인 송가인과의 점수 차가 그리 크지 않은 상황에서 혼신의 힘을 쏟아내 승부를 뒤집을 마지막 선택을 한 것 같았다. 그러나 그녀는 전력을 투구해 노래했지만, 노래의 2절, 절정인 고음 부분에서 음 이탈을 겪으며 좌절해야만 했다.

　그러나 문제의 발단은 홍자 자신보다 마스터들에게서 엿보였다. 홍자가 치명적인 실수를 거듭한 데 대해 마스터 조영수는 심사에 엄정해야 할 마스터로서의 입장을 벗어난 용어를 쓰면서까지 홍자에 대한 호감을 드러냈다. 즉, 홍자는 노래의 앞부분에서 100점으로 시작해서 가다가 실수를 여러 번 범하면서 점수가 조금씩 깎여 내려갔는데 이는 과욕 때문이었다는 것이다. 그리고, 홍자의 무기는 고음이 아니고 툭툭 말하듯이 내뱉는 앞의 네 마디면 '게임 끝'이었다는 것이었다.

　'게임 끝'이란 용어가 무슨 뜻인가? 이 용어의 뜻은 조영수에 이어 심사평을 내놓은 마스터 장윤정의 말에서 어느 정도

짐작할 수 있었다. 장윤정은 여전히 홍자에 대한 호의적 태도를 숨기지 않았다. 그녀는 이렇게 말했다.

"만일 1절만으로 끝냈으면 게임도 끝났어요. 다 100점을 눌렀을텐데…"

즉, 만일 홍자가 노래를 1절처럼 2절도 끝까지 실수 없이 불렀으면 모든 마스터들이 다 100점을 눌러 홍자가 최종적으로 우승을 차지할 수도 있었을 것이라는 의미로 해석될 수도 있는 발언이었다. 오디션의 마지막 단계에서 경연자들이나 경연장에 참석한 관객들, 그리고 방송을 통해 경연 장면을 주시하고 있는 수많은 시청자들이 신경을 곤두세우고 있는 무대에서 결승 진출자 5명 중 하나인 홍자에 대해 마스터들이 표백한 심사평은 논란을 불러 일으킬 소지가 충분한 발언이었다.

따라서 오디션의 출발부터 거의 절대 강자로 평가받아 온 송가인조차도 마지막 순간까지 가슴을 조일 수밖에 없었을 것이다. 그녀는 자신의 가창력에 대해 확신이 있었지만, 오디션의 최종 단계에서 자신의 지금까지의 성적을 무산시킬 수

있는 돌출 변수가 극적으로 출현될 수도 있겠다는 불안감을
가진 것 같았다.

그도 그럴 것이 비단 일부 마스터들의 태도뿐만 아니라, 결
승에 진출한 다섯 명의 경연자들 사이의 점수 차가 그리 크
지 않은 것도 역시 불안 요인 중 하나였다. 결승 1라운드의
총점과 2라운드의 마스터 총점을 합산한 결과는 1위인 송가
인 1,818점, 5위인 정다경 1,718점으로, 1위와 5위 사이의 점수
차는 100점이었다.

특히 1위 송가인과 2위 정미애 사이의 점수 차는 23점에 불
과했다. 사회자는 마지막 인생곡 미션만 남은 경연 단계에서,
관객 점수가 돌출 변수가 될 수도 있는 최고조로 긴장감이
높아진 장내를 향해 관객들의 점수에 의해 순위가 뒤바뀔
수 있음을 소리 높여 강조함으로써 경연자들의 불안 심리를
더욱 자극했다. 송가인도 예외일 수 없었다.

아마 그녀가 "왜 이렇게 어지럽지?" 독백하며 한숨을 내쉰
것은 이런 그녀의 심리적 상태 때문이었을 것이다. 그리고 아

마 마지막 무대를 앞두고 그녀는 오디션 예선전에서 처음 무대에 서서 <한 많은 대동강>을 불렀을 때 결심한 것처럼 오직 노래로만 승부하겠다고 다짐했을 것이다.

송가인은 인생곡으로 <단장의 미아리 고개>라는 1950년대 후반 트로트 곡을 선택한 데 대해 이렇게 술회했다.

"트로트 공부를 하다가 이 노래를 알게 됐는데… 듣는 순간 느낌이 확 오더라고요."
"이 곡을 수천 번, 수만 번 연습을 했어요. 멜로디 하나하나가 너무 어렵더라고요. 첫 소절 앞의 '미' 자 하나를 가지고도 몇 시간 동안 연습했어요."
"이 노래로 정말 관객분들께, 듣는 시청자분들께 감동을 진하게 전해 드리고 싶습니다."

그녀는 두 세대도 더 지난, 전후 1950년대에 불리던, 오랜 정통 트로트 곡을 지금 무대에서 되살려 관객과 시청자들에게 짙은 감동을 줄 능력을 자신이 갖고 있음을 확신하고 있었다.

그녀는 무대로 천천히 걸어 나왔다. 그녀의 복장과 그 색깔, 그리고 선곡한 노래는 처음 그녀가 오디션 예선전에서 <한 많은 대동강>을 불렀을 때의 재판 같았다. 그러나 처음 무대에서 그녀가 떨던 사실과은 다른 이유로, 그녀는 늘 그래왔듯 긴장으로 떨고 있었고, 얼굴에는 비장한 기색이 가득했다. 반드시 쟁취하리라! 그녀가 자신에게 다짐하는 속삭임이 들리는 듯했다.

# 송가인, 신이 내린 목소리!

- <단장의 미아리 고개>(원곡자:이해연)

6·25전쟁의 화약 냄새가 아직 가시지 않던 1950년대 중반에 발표된 <단장의 미아리 고개>는 스토리가 내재되어 있는 노래였다. 인천 상륙작전으로 서울에서 철수하게 된 공산주의자들은 남한의 양민들을 대거 납치해서 북으로 끌고 갔는데, 이 노래는 이처럼 북으로 끌려간 남편의 고난을 생각하며 애통해하는 아내, 또 남편이 단지 살아서 무사히 돌아오기만을 간원하는 아내의 절절한 소망을 담은 노래였다.

노래가 발표된 1950년대 중반만 하더라도 전후에 조성된 반북, 반공의 사회적 분위기에서 이 노래는 듣는 이들의 심금을 울린 노래의 하나였지만, 이미 두 세대가 훨씬 지난 지금 트로트 오디션 무대에서 이 노래를 불러, 송가인의 의욕처럼, 마스터들이나 관객들에게 '감동을 진하게 전'하기는 쉽지 않은 과제였다.

송가인의 가수로서의 천부적인 능력은 이를 비교적 손쉽게 극복했다. 송가인은 그가 인생곡이라 선택했듯이 이 노래를 수천 번, 수만 번 연습을 하고, 연구를 하는 가운데 이 노래의 화자이자 주인공인 여성과의 동일시에 의한 감정이입을 거의 완벽하게 해낼 수 있었다. 이런 감정이입 없이는 이 노래를 불러 수십 년이 지난 현재를 살고 있는 관객들에게 감동을 줄 수는 없는 노릇이었다.

## "미─아리 눈물 고개, 님이 넘던 이별 고개~~."

송가인이 노래를 시작하자 장내는 순식간에 숙연한 분위기로 가라앉았다. 힘차고 아름답지만, 그러나 슬픔과 한이 농축된 절절한 가락이 그녀의 목에서 분출되어 나왔다. 그리고 1950년대의 한 가족이 겪은 비극적 이야기와 장면은 광속으로 마치 타임 머신에 실린 것처럼 수십 년을 순간 이동해서 송가인의 노랫가락을 통해서 무대 위에서 완벽하게 재현되는 듯했다.

송가인이 노래를 부르는 짧은 시간 동안 관객들은 노래가 구현하는 비극적 이야기와 장면 속에 빠져들어 화자의 슬픔과 한스런 분위기 속에 침잠해 있었다. 그런 탓에 송가인이 본선 3라운드에서 <티어스>를 불렀을 때, 준결승 1라운드에서 <영동 부르스>를, 준결승 2라운드에서 <진정인가요>를, 그리고 결승 1라운드에서 <무명 배우>를 불렀을 때 노래하는 중간, 중간에도 터져나왔던 환호와 박수갈채가 거의 들리지 않았다.

노래를 부르면서 송가인의 표정은 더욱 비장해지고 목소리는 처연해지고 눈에는 눈물이 고였다. 그녀는 이 마지막 인생곡에 자신의 모든 것을 쏟아붓고 있었다. 마이크를 쥔 손, 감정을 표현하는 왼손 손가락, 그리고 얼굴과 상반신을 떨면서 노래하고 있었다. 노래의 절반이 끝나고 내레이션이 시작되기 전 관객들의 환호와 박수갈채가 쏟아졌다. 이어 내레이션이 시작되자 장내의 분위기는 다시 숙연해졌다.

애절한 내레이션이 끝나는 마지막 부분에서 그녀는 "여보! 여보!"라고 절규하듯 두 차례 소리쳤다. 처연한 분위기는 더욱 가라앉았다.

노래의 둘째 부분을 부르면서 그녀의 감정은 더욱 고조되었다. 그리고 마지막 소절에서 그녀는 거의 피를 토하듯 두 번 반복하며 절규했다.

"한 많은 미아리 고개~~"

노래가 끝나고도 한동안 그녀는 복받친 감정을 수습하지 못하는 듯했다. 열광적인 환호와 박수갈채가 터져 나왔고, 일부 관객들은 눈물을 훔치기도 했다. 환호와 박수갈채는 한동안 끊어지지 않고 이어졌다. 송가인에게 감정이입을 통해 동화되었던 관객들은 이제 무대 한가운데 서 있는 송가인을 향해 우레와 같은 박수갈채를 보내고 있었다. 한동안 박수갈채가 끊이지 않고 이어졌다.

송가인은 예선전에서 불러 자신의 존재를 일거에 돋보이게 한 <한 많은 대동강>과 비슷하게, 1950년대의 노래 <단장의 미아리 고개>를 혼신을 다해, 힘찬 아름다움과 슬픔과 한을 머금은 목소리로 열창함으로써 한 시대의 비극적인 사건을 '지금, 여기에' 재현하였다. 그리고 시대적 트라우마를 직접적 혹은 간접적으로 안고 살아가는 수많은 관객과 시청자들에게 자신의 역사적 정체성을 환기시키면서, 그 트라우마를 위로하고 정신적인 위안을 주었다. 송가인만이 가지고 있는 열정적인 태도, 탁월한 가창력이기에 가능한 일이었다.

송가인의 노래와 이 노래가 시청자나 관객들에게 준 정신적 효과는 마치 기원전 그리스에서 그리스인들이 즐겨 보던 비극(悲劇)의 효과를 떠올리게 한다. <단장의 미아리 고개> 같은 노래는 비록 길이도 짧고, 작중인물의 수나 작품의 구조적 완결성에서 결코 그리스의 비극 작품과 비교가 될 수 없지만, 그리스 비극이 관객에게 주는 이른바 카타르시스라는 정신적 효과를 노래도 줄 수 있을 것 같았다.

그리스인들은 비극 작품을 관람하면서 불행한 사건을 겪은 주인공에게 연민과 공포의 모순된 감정을 느꼈다. 연민은 주인공이 겪는 불행한 사건에 대한 동정이요, 공포는 주인공에게 닥칠 파국적 사태에 대한 두려움이었다.

송가인이 부른 <단장의 미아리 고개>의 경우도 노래를 듣는 관객들은 주인공인 화자(가수)에 대해 연민의 감정을 품으며, 또한 주인공에게 닥칠 파국(남편의 죽음)에 대해 공포의 감정을 가질 수 있었다. 그리스의 비극 작품은 주인공의 운명에 내려진 신탁이 완성되는 극의 종말 단계에서 주인공에게 느꼈던 연민과 공포라는 모순된 감정이 해소됨으로써 카타르시스를 느꼈다면, <단장의 미아리 고개>에서는 송가인의 천상의 목소리와 그녀의 혼신을 다한 가창 태도가 관객들에게 카타르시스를 느끼게 해 준 매개 역할을 한 듯했다.

일찍이 베를린 필 하모니의 상임 지휘자였던 카라얀은 한국이 낳은 세계적인 소프라노 조수미의 노래를 듣고 '신이 내린 목소리'라고 극찬한 바가 있다고 알려져 왔다. 송가인 또한 어떠한가? 트로트 가수로서의 그녀의 목소리도 신이 내려준 목소리라고 하면 과찬일까?

처음 오디션 무대에서 <한 많은 대동강>을 불러서 듣는 이들을 놀라게 한 이래, 경연 무대에서 그녀가 부른 노래들을 듣고 지켜 보아온 시청자들이나 관객들 중에는 '사람이 어떻게 저렇게 노래를 잘 부를까?' 혹은 '저게 사람의 목소리인가?'라고 감탄한 사람들이 적지 않았다. 신비하기까지 한 송가인의 목소리. 신이 내린 목소리라 해도 전혀 과장이 아니라 할 만했다.

다소 견강부회적 해석이긴 하지만, 어떤 부류의 노래나 탁월한 가수의 노래가 그런 정신적 효과를 줄 수 있다는 사실을 부인하기는 어렵다. 노래가 단지 듣고 감상하는 기능 뿐 아니라, 정신적 질환이나 갈등으로 고통받는 사람들에게 '치료' 혹은 '치유(healing)'의 효과를 준다는 주장은 오늘날엔 과학적인 연구(음악 치료/치유)를 통해서 이론화되고 있고, 또 입증되고 있다는 점을 참고할 필요가 있다.

송가인은 노래를 끝낸 후 감정적 여운이 남아 있는지 울음을 참고 있는 표정으로 무대 위에 서 있었다. 여러 마스터들이 심사평을 했다. 모두 네 명이 차례로 발언을 했는데, 아직 관객 점수라는 불안 요인이 남아 있기는 하지만 그동안 송가인에게 롤러코스터를 태우듯 심사를 해 온 마스터들도 송가인에 대한 최종적인 평가를 거의 확정 지은 듯했다.

마스터 노사연은 송가인의 목소리에 대해 트로트에 타고

난 소리, 많은 사람들의 마음을 움직일 수 있는 점이 가장 큰 매력으로, "그냥 송가인 씨는 타고 났어요!"라며 칭찬했다. 마스터 이무송도 그녀의 목소리는 트로트의 교본 같으며, 앞으로도 우리의 아름답고 주옥같은 옛 트로트 곡들을 잘 이어갈 무게감을 절대 잊지 말아달라고 당부했다.

마스터 조영수가 심사평을 시작하자 송가인의 표정이 굳어졌다. 조영수는, 오늘 그녀가 부른 두 곡, 즉 결승 1라운드와 2라운드에서 부른 노래들이 모두 그동안 그녀가 부른 노래 중 감정이 충분히 넘치고 최고로 좋았다고 전제한 다음 이렇게 말했다.

"이 감정이 앞으로 계속 노래 부를 때 나오면… 항상 100점 맞는 가수가 될 것 같습니다."

조영수의 심사평은 이해하기 어려웠다. 오디션에 참가한 모든 경연자들 중에 예선전부터 일관되게 자신이 부를 노래의 선택부터 창법까지 가장 창의적인 시도와 감정이입에서 독보적인 자태를 선보인 송가인에게 여전히 '감정' 문제를 지적하는 조영수의 발언은 아무리 좋게 보아도 납득하기 어려운 말이었다.

그렇다면 송가인이 <한 많은 대동강>을 부른 예선전 2주부터 마지막 결승전이 벌어지고 있는 10주까지 일관되게 온라인 대국민 인기 투표에서 그녀를 1위에 올려놓고 줄기차게 성원을 보낸 시청자들은 감정이 부족한 노래에 감동하고 그처럼 박수를 보냈단 말인가?

이에 비해, 끝으로 심사평을 한 장윤정은 최종적으로 송가인의 가수로서의 능력과 자세에 대해 극찬을 하며, 그녀의 장래에 대해서도 큰 기대를 나타냈다. 그녀는 이렇게 말했다.

"송가인 씨가 무대를 한 번 할 때마다, 방송에 한 번 나올 때마다 송가인 씨를 응원하는 분들이 정말 많아지고 있어요. 이런 걸 보면서 많은 분들이 정통 가요를 부르는 가수에 대한 목마름이 많으셨구나라는 생각을 했어요."

이어 그녀는 무대에서의 송가인의 가창력을 극찬했다.
"저렇게 잘하는데, 저렇게 최선을 다하는 사람을 누가 이길

수 있을까 하는 생각을 했고, 가요사를 놓고 쭉 이야기를 하다가 분명히 우리 송가인 씨의 이름이 그 역사 속에 이름을 올릴 수 있지 않을까 생각을 하면서 봤습니다. 정말 마음도 힘들고 몸도 힘들었을 텐데 끝까지 이렇게 좋은 노래를 보여 줘서 우리 마스터들이 참 고마움이 큽니다."

장윤정의 심사평은 그녀의 표현대로 마스터들을 대표해서 송가인의 가창력과 가수로서의 자세에 대해 최종적으로 내린 종합적인 평가였다. 송가인은 눈물 어린 얼굴로 허리 굽혀 절을 하며 호의에 고마움을 표했다.

송가인은 결승 2라운드 인생곡 미션에서 시대적 트렌드에 크게 뒤진 옛 시대의 정통 트로트 곡 <단장의 미아리 고개>를 절창으로 승화시켜 금빛 찬란한 명곡을 탄생시켰다. 마스터들은 여전히 인색하게도 결승 2라운드의 최고점인 660점(정다경)에 1점 부족한 659점을 주었지만, 최종 우승에 변수는 될 수 없어 보였다. 물론 아직도 관객들의 점수가 남아 있어서 마스터들의 점수는 관객들의 점수와 합산해서 최종 우승자를 가리는 순서가 남아 있긴 했지만.

송가인은 자신의 인생곡 <단장의 미아리 고개>에 대한 마스터들의 심사평에 고무되었지만, 그들이 준 점수(529점)에는 다소 실망하고 굳은 표정이었다. 그 점수가 압도적으로 높지 않았고, 아직 관객들의 점수라는 최종 변수가 남아 있었기 때문인 듯했다. 그러나 이내 평정을 되찾고 허리 굽혀 정중히 인사를 하고 퇴장했다.

모든 경연이 다 끝난 뒤 최종 단계는 결승에 올랐던 다섯 명의 경연자들 중 우승자를 가리는 무대였다. 홍자가 '미'를 차지하고, 정미애와 송가인이 '진'이냐 '선'이냐를 가리는 순간에 장내의 긴장감은 최고조에 달했다.

일부 마스터들도 아직 확실한 예측을 못 한 듯했다. 마스터 남우현이 두 사람을 지켜 보며 "양대 산맥이에요, 양대산맥!"이라 말하자, 마스터 장윤정은 이렇게 말하며 여전히 최종 우승자에 대한 불확실한 태도를 표했다.

"아유, 못 보겠다! 아니, 왜냐하면, 관객들의 점수가 어디로 갈지 모르니까…"

홍자가 '미'로 순위가 발표되고, '진'과 '선'을 가리는 무대에 송가인과 정미애 두 경연자에게 스포트 라이트가 비출 때, 사회자가 정미애 다음으로 송가인에게 다가왔다. 사회자가 그녀에게 물었다.

"벌써부터 울고 계십니까?"

그녀는 대답했다.

"엄마, 아빠한테 너무 고맙고 미안해서요."

사회자가 재차 물었다.

"어머님, 아버님은 되게 자랑스러워 하실텐데요. 미안한 마음도 있나 보죠?"

그녀가 다시 대답했다.

"네. 돈을 너무 많이 갖다 써 가지고…"

마스터석과 관객석에서 폭소가 터져 나왔다. 그녀가 이어 덧붙여 말했다.

"대학교 다닐 때 등록금 너무 많이 들어가지고… 뒷바라지를 너무 많이 잘해 주셔가지고… 제가 이 자리에 있게 됐습니다."

송가인의 부모에 대한 발언은 그녀의 개인사의 맥락을 짧은 몇 개의 문장으로 압축, 표현한 것이라 해도 과언이 아니었다. 부모님의 자식에 대한 사랑과 희생, 그리고 부모의 은덕에 대한 감사와 그에 대한 보답이 그녀의 굴곡 많았던 경연 과정에서 최종 우승을 목표로 한 결연한 각오와 의지의 중요한 동기로 작용했음을 알게 해주었다. 또한 그녀가 고향을 떠나 도시로 나와 오랜 유학 생활을 하고, 또 다년간의 무명 가수 생활을 겪어왔음에도 도덕적으로 흠 없는 단정한 삶을 살아왔음을 시사해 주는 말이었다.

송가인은 TV 조선의 오디션 프로그램인 '내일은 미스 트롯'의 최종 단계에서 우승자를 가리는 무대에서 영예의 '진'으로 뽑혀 우승했다. 신이 내린 목소리를 가진 그녀에게 '진'의 영광은 비록 전변불측한 과정과 의외의 사태도 겪게 했지만 처음부터 예정된 결과인지도 모를 일이었다.

최종 '진'으로 뽑힌 후, 송가인은 소감을 묻는 사회자의 말에 두 가지를 말했다.

첫째는 이번 오디션 프로그램이 많은 것을 배우게 한 삶의 중대한 계기가 되었다는 것

"여기 와서 많이 배우게 된 것 같습니다. 정말 많이 배우게 된 것 같습니다… 저를 다시 발견하는 계기가 된 것 같습니다."

둘째는 앞으로의 트로트 가수로서의 각오였다.

"초심 잃지 않고 우리나라에 한 획을 긋는 트로트 가수가 되겠습니다."

첫째 발언이 학습과 탐구를 통해서 끊임없이 자신의 발전을

추구하는 삶의 학생, 탐구자로서의 자신의 자세를 천명했다면, 둘째 발언은 삶을 불안정하게 하는 불순한 환경적 요인에 휘둘리지 않고, 이제 막 끝난 '내일은 미스 트롯'의 경연 과정에서 성심과 열정, 심혼을 기울여 노래했듯이 트로트 가수로서 미래를 개척해 나가겠다는 의지의 천명이었다.

이 글의 앞머리에서 예선전에 처음 무대에 선 송가인이 <한 많은 대동강>을 선곡하고, 그녀가 막 입을 열어 노래의 반 소절인 "한 많은~~"을 불렀을 때, 대기실에 앉아 있던 부산 출신의 참가자 김유선이 놀란 음성으로 "와! 끝났다! 끝났다! 이건 정말 끝났다!"라고 외친 장면을 소개했다. 그리고, 그녀가 탁월한 직관력의 소유자임을 지적했다.

그렇다! 그녀의 통찰은 실현되었다. 송가인은 불과 '반 소절' 만으로, 10주 동안 펼쳐진 압축된 인생 극장에서 최종적으로 우승자가 되었다. 많은 국민들은 통 큰 울림과 강하고 아름다운, 그리고 한과 슬픔을 머금은 떨림을 수반한, 여지껏 들어보지 못한 낯선 목소리와 조우하고 마치 마법에 걸린 듯 빠져들었다.

그리고 또한 그녀를 통해서 많은 국민들은 그들이 오랫동안 잊고 있었던 수많은 가요들과, 정통 가요 장르인 트로트, 그리고 부수적으로 송가인이 학업 시절 동안 수련을 쌓아 큰 성취를 기록한 전통 국악까지 되찾게 되었다.

## ✮ 교육적 관점에서 본 《 '반 소절' 드라마 》

'내일은 미스 트롯' 오디션 프로그램에서 송가인이 최종 '진'으로 뽑히는 과정은 한 편의 압축된 인생 극장이라 할만 했음을 이 글의 서두에서 명기했다. 이 인생 극장에서 주인공으로 혜성처럼 등장한 송가인이 보여준 가창력과 무대에서의 태도는 그 과정을 시종 듣고 본 수많은 시청자들, 관객들에게 소중한 삶의 교훈을 줄 뿐 아니라, 자라나는 젊은 층에게도 삶의 기본적인 태도에 대해 많은 교육적 의미를 시사해 준다고 생각한다. 이를 다음 몇 가지로 정리해 본다.

첫째, 실력(가창력)이 곧 최고의 가치
송가인이 오디션 예선전에서부터 최종 우승자 '진'으로 뽑힐 때까지의 과정은 순탄치 않았다. 일부 마스터라는 심사위원들은 송가인에 대한 비호감적인, 혹은 편파적 태도로 송가인의 경연 성적을 격하하거나 견제하고 그들이 편애한 다른 경연자를 성원하는 인상을 짙게 풍겼다.

일부 마스터들에게는 한반도 남녘 끝자락 진도라는 섬에서 태어나고, 설흔 중반이 되도록 전라남도 지역에서 주로 활동한 일개 무명 가수인 송가인이 들려준 천상의 목소리, 경이로운 가창력에 대해 놀라움과 두려움이 혼재된 감정을 느꼈을 법하다.

송가인이 그 타의 추종을 불허하는 압도적인 가창력으로 예전전 2주차부터 마지막 10주차까지 온라인 대국민 투표 1위를 줄곧 유지한 것은, 일부 마스터들이나 관객들의 반응과 무관하게 최소한 트로트를 애호하는 일반 팬들에게 송가인이 얼마나 큰 감동과 공감을 불러 일으켰는가를 가늠케 한다.

송가인은 일부 마스터들의 예측 불허의 심사와 평가에도

불구하고 그녀의 압도적인 초절적인 가창력, 실력으로 이를
극복해서 최종 '진'을 차지했다.

그녀의 목소리는 그 통큰 울림, 강하고 아름다움, 그리고
한과 슬픔을 머금은 신비한 떨림, 하늘 높이 치솟는 아찔한
고음이란 그 음색, 음질, 음역, 강도, 울림에서 그 어떤 경연자
도 압도할 만한 유니크하고 낯선 목소리였다. 팔색조의 목소
리란 표현은 결코 과장이 아니었다.

뿐만 아니라, 노래의 가사 내용과 상황에 따라 그녀는 놀
라운 연기력을 발휘하여, 완벽한 감정이입을 통해 자신을 노
래 속의 화자로 이입해 아름다운 목소리로 슬픔과 한을 토
해 냄으로써 듣는 이들의 트라우마를 위로하고 궁극적으로
카타르시스를 체험하게 했다.

이런 체험은 논리를 떠난 직관의 문제였다. 그녀의 노래를
들을 사람들은 직관인 통찰력으로 알고 있었다. 그녀의 노래
가 주는 감동과 희열을, 그리고 노래 속에 내포된 감정의 갈
등이 그녀의 형언할 수 없는 아름다운 목소리로 순화되어 마

음에 위로와 평정을 주는 것을.

송가인을 최종 '진'으로 선출한 것은 전혀 마스터들의 심사 결과가 아니고, 줄곧 그녀의 노래를 들으며 감동을 느끼고, 눈물을 삭이며, 마음의 위안을 얻은, 트로트를 애호하는 국민들, 관객들의 성원이었다. 무대도 낯설고, 비호감을 가진 일부 마스터들의 편향적 심사 결과에도 불구하고 그녀를 최종 우승으로 밀어 올린 것은 그녀의 압도적인 실력(가창력) 뿐이었다.

그녀가, 스스로 술회하듯, 키도 작고, 몸매도, 얼굴도 예쁘지 않고, 매력도 없는 자신의 외모의 불리점에 대한 자의식을 안고, 오로지 노래로만 승부하겠다고 처음부터 다짐한 이유는 바로 그녀 스스로가 자신의 가창력에 대한 확고한 믿음이 있었기 때문이었다.

둘째, 불굴의 투지와 도전 정신

송가인은 예선전에서 탁월한 가창력으로 '진'으로 뽑힌 후,

본선 1라운드 팀 미션에서도 메인 보컬로서 두드러진 활약을 보여 '진'으로 뽑혔다. 그러나, 본선 2라운드 데스 매치부터 그녀의 전도에는 암운이 드리워졌다.

일부 마스터들이 기성 가수들이 활동하던 무대에 혜성처럼 등장한 그녀에 대해 불안이나 불편을 느꼈던지, 혹은 흥행상의 이유로 일방적으로 전개되는 경연 과정에 극적 전기를 개입시켰던지 그녀에 대해 암암리의 견제가 시작된 것은 사실이었다. 이런 견제가 노골화된 경연 무대가 본선 2라운드 데스 매치였다.

송가인은 자신이 지명한 홍자의 선곡이나 가창력이 만만치 않음을 인식하고, 또 경연 상대 2명 중 1명은 탈락하는 데스 매치의 성격상 보통 부르는 노래로는 승부를 그르칠 수 있다고 생각했다. 따라서 자신의 가창력을 최대한 발휘할 수 있는 <용두산 엘레지>를 선곡하고, 노래에 좌절된 사랑의 슬픔과 한을 최고조로 끌어올려 표현할 수 있는 한 서린 판소리의 가락을 삽입하는 대담한 시도로, 남성 원곡자가 부른 다소 밋밋한 노래를 소름돋을 만큼 애절하고 아름다운 절창으로 불렀다.

그러나, 결과는 의외로 <비나리>를 선곡해서, 노래에서 가장 감정이 고조되는 부분에서 원음 이탈이라는 치명적인 실수를 한 홍자에게 큰 표 차이로 패해서 탈락했다. 선곡한 노래나 가창력에서 홍자를 훨씬 능가한 송가인에게는 거의 재앙이라고 해도 과언이 아닌 사건이었다. 패자 부활이라는 경연 룰이 없었으면, 절세의 가창력을 지닌 송가인은 아마 이대로 잊혀진 존재가 되었을지도 모를 일이었다.

뿐만 아니라, 송가인은 패자 부활제에서 13명의 탈락자 중 호명된 7명 중 맨 꼴찌로 호명되는 굴욕을 겪으며 본선 3라운드에 겨우 진출할 수 있었다. 꼴찌로 호명될 때까지 송가인은 울분과 불안을 느끼며 초조감에 사로잡혀 있었을 것이다.

결국 송가인은 맨 꼴찌로 본선 3라운드 군부대 미션에 출전해서 '트롯 여친' 멤버들과 혼신을 다 해 퍼포먼스와 노래 경연을 펼쳤지만, 그 결과는 5팀 중 최하위였다. 가장 최악의 성적표를 받아 든 팀 멤버들이 낙담하고 있을 때, 송가인의 불굴의 투지와 도전 정신은 오히려 불타 올랐다.

팀 순위 5라는 숫자를 보았을 때 그녀의 오기가 불타 올랐고, 팀 에이스 대결에서 반드시 뒤집고야 말겠다고 다짐했다. 그러나, 그녀의 목 상태는 최악이었고 병원에 가서 응급 처치를 받아야 할 처지였다.

팀 순위 5위로 그치면 팀 멤버 전원 탈락이라는 절체절명의 상황에서 고민과 좌절에 빠져 있던 그녀는 마침내 과감한 도전적 선택을 감행했다. 그녀가 던진 승부수는 선곡부터 과감했다. 그녀는 평소에 불러본 적이 거의 없었지만, 젊은 장병들이 선호할, 락 계통의 곡 '티어스'를 선택해서 장병들과 호흡을 같이 함으로써 마스터들은 물론, 장병들의 성원을 이끌어 내려고 했다.

그녀의 과감한 도전은 성공했다. 무대 위에서 아프리카 대평원을 내려다 보며 포효하는 한 마리 사자처럼 절창을 실연함으로써 그녀는 거의 만장일치로 마스터들과 장병들의 열광적인 반응을 불러 일으켰고, 최종적으로 '트롯 여친'팀 멤버 전원을 준결승에 진출시켰다. 낙담과 좌절을 거부하고, 과감한 승부수를 던져 마침내 성공한 그녀의 불굴의 도전 정신은 타의 귀감이 되고도 남음이 있었다.

셋째, 독창적 시도, 장르의 융합

송가인은 오디션 단계가 진행되면서 참가자들의 수가 적어지고, 대신 경쟁이 더욱 치열해 지면서, 솔로 곡 경연에서 좀더 독창적인 시도를 해야만 마스터들과 관객들로부터 더욱 긍정적이고 유리한 평가를 이끌어낼 수 있으리라 판단했다.

송가인의 이러한 판단이 맨처음 시도된 무대는 본선 1라운드 데스 매치 경연에서였다. 송가인은 그녀가 데스 매치의 상대로 지목한 홍자가 선곡도 잘 했고, 또 홍자가 주장하는 이른바 감성에서는 자신이 낮다는 자신감, 그리고 홍자에게 편향적 태도를 가진 일부 마스터들의 분위기를 고려할 때, 평범한 트로트 곡이나 이에 대한 편곡으로는 자칫 탈락할 가능성이 있다는 점을 우려했다.

이런 판단에서 그녀는 정통 트로트 곡인 <용두산 엘레지>에 애드 립으로, 노래하는 화자의 슬픔과 한의 정서를 극대화할 수 있는 판소리의 고단 고음을 삽입하는 독창적인 편곡을 했다. 그녀는 고등학교, 대학교의 과정을 밟는 동안 판소리를 전공했고, 이 분야에서 톱 수준의 성가를 이미 올렸기에 이런 그녀의 독창적인 시도는 일부 마스터들의 부정적 평가를 받을 수도 있지만, 노래가 줄 수 있는 정서를 극대화하는 이런 시도는 더 큰 긍정적 평가를 불러 일으킬 수 있으리라 판단한 듯했다.

그녀의 <용두산 엘레지> 가창은 처음부터 하늘 높이 치솟는 아름답고 한스런 고단 고음으로 시작되며 듣는 이들의 놀라움을 불러 일으켰다. 입을 딱 벌인 채 다물지 못하는 마스터도 있었다. 더구나 애드 립은 경연자들 중 어느 누구도 감히 엄두도 내지 못한 독창적인 시도였다. 그러나, 다수의 마스터들은 송가인의 독창적인 시도를 외면하거나 부정적으로 평가했다. 정통 트로트 곡에 판소리의 가락을 삽입하여 절창으로 부르는 과감하고 모험적인 시도를 했건만, 그녀는 데스매치에서 치명적 실수를 범한 홍자에게 밀려 탈락했다. 앞에서 이미 언급했지만, 경연 과정 전체에서 가장 많은 논란을 불러 일으킬 여지가 있는 판정이었다.

그러나, 트로트 장르에 판소리의 가락을 융합하려는 송가 인의 시도는 그 나름대로 참신하고 가치 있는 시도로 높이 평가받을 만했다. 온라인 대국민 인기 투표에서 송가인은 줄 곧 1위를 고수했고, 결승전 1라운드 작곡가 미션에서 <무명배 우>를 선곡해 부르려는 송가인과의 상담 과정에서 작곡가 윤명선은 그녀가 연습으로 노래의 첫 소절을 불렀을 때 호의 적 태도를 보엿다.

즉, 국악의 목소리가 발라드 트로트에 들어오니까 너무 독 특하고 좋게 들린다고 긍정적인 평가를 해서 송가인을 고무 한 바가 있었다. 비록 장르의 융합은 아니였지만, 윤명선 작곡 가가 오랜 기간 동안 국악으로 단련된 송가인의 목소리가 발 라드 트로트 곡을 부르는데 오히려 독특한 강점을 지니고 있다고 지적한 것은 이질적인 두 가지 소리의 친연성과 두 소 리의 융합이 유니크한 효과를 거둘 수 있다는 점을 지적한 것으로 볼 수 있다.

넷째, 가창력의 바탕, 인성과 도덕성

가수는 노래를 직업으로 삼는 사람을 가리키지만, 그는 가수이기 이전에 하나의 인간이다. 따라서, 한 인간으로서 인간적 품성, 즉 인격이나 도덕성이 문제되지 않을 수 없다.

비록 불과 10주 정도의 짧은 기간 동안 펼쳐진 오디션 과정에서 경연에 참가한 한 사람의 인성이나 도덕성의 전모를 파악한다는 것은 불가능하다. 그러나, 우리는 경연자가 무대에서 혹은 무대 밖에서 보여주는 행동의 단면을 통해서 어느 정도 그의 인성이나 도덕성을 엿볼 수 있다. 물론, 섣부른 단정은 불가하지만.

처음 예선전에서 무대에 등장해서 노래를 부르기 전, 송가인은 자기 소개를 하면서, "한 번도 틀린 적이 없는 엄마 말 듣고 참가했습니다."라고 말했다. 비록 설흔을 훌쩍 넘긴 나이지만, 그녀의 말 속에는 소녀다운 순진함, 그리고 어머니에 대한 사랑과 믿음이 함축되어 있었다.

또한 그녀가 결승 최종 무대가 끝나고 '진'과 '선'을 가리기 전, 사회자는 눈물을 흘리고 있는 그녀에게 물었다.

"벌써부터 울고 계십니까?"

아마 사회자는 손에 들고 있는 채점표에 의해 송가인이 최종 '진'임을 이미 알고 묻는 것 같았다. 송가인은 "엄마, 아빠한테 너무 고맙고 미안해서요."라고 울먹이며 대답했다. 사회자가 재차, "어머님, 아버님은 되게 자랑스러워 하실텐데요. 미안한 마음도 있나 보죠?"라고 묻자 그녀가 다시 대답했다.

"네. 돈을 너무 갖다 많이 써 가지고…"

장내에 폭소를 유발한 이 말에 이어서 그녀는 이렇게 말했다.

"대학교 다닐 때 등록금 너무 많이 들어가지고… 뒷바라지를 너무 많이 잘해 주셔 가지고… 제가 이 자리에 있게 됐습니다."

그녀가 '진'으로 뽑히기 바로 직전에 어머니, 아버지의 희생과 은덕을 제일 먼저 떠올렸다는 것은 그녀가 인간성의 가장 핵심적 기반인 도덕성에서 근본적 덕목을 갖춘 가수임을 시사하는 예가 아닐 수 없다.

굳이 부모에 대한 '효'의 덕목을 사회적 가치의 근본으로 본 과거 유교 시대의 가치관을 들먹이지 않더라도, 또 전통적 가치관이 빠르게 무너져 가면서 새로운 가치관의 형성이 쉽지 않은 현시대의 분위기를 고려한다 해도, 부모의 은덕을 제일 먼저 떠올린 그녀의 태도는 그녀의 인성에서 훼손되지 않은 도덕적 품성을 평가하게 하는 준칙이라고 하지 않을 수 없다.

또한 송가인은 경연 내내 어느 누구에게도 비난 혹은 비방하는 말을 토로한 적이 없으며, 가장 긴장할 수 밖에 없었던 두 번에 걸친 데스 매치에서도 상대방에게 선의의 경쟁을 요청하거나 혹은 패자에게 위로와 격려의 말을 주는 등 여유롭고 배려심 깊은 태도를 보임으로써, 그녀가 도덕적으로 타인에 대해 폭넓은 이해심을 가진 인성의 소유자임을 은연

중에 드러냈다.

뿐만 아니라, 그녀는 무대 위에서 노래하는 중에 단지 자신의 가창력에만 의존했을 뿐 거의 부동에 가까운 자세를 견지했다. 한 마스터는 이런 그녀의 자세를 '삼십 센티'를 채 벗어나지 않는다고 농담으로 지적할 정도로 그녀는 단정한 태도로 노래했다.

이는 많은 다른 참가자들이 마스터들이나 관객들에게 가창력 외에 매력적인 모습을 보이려고 갖가지 에로틱한 퍼포먼스를 노래에 곁들여 보인 예에 비추어 볼 때, 그녀가 그 동안 살아온 삶의 과정과 학업 과정, 그리고 무명 가수로서의 많은 무대 체험에도 불구하고, 항상 순수하고 단정한 자세를 잃지 않았었다는 방증이 아닐 수 없다.

다섯째, 전문가적 준비성과 생애의 기회

송가인은 중학교부터 국악과 판소리를 전공한 이래, 고등학교, 대학교 과정에서 국악과 판소리를 전공해서 뛰어난 성적(2010년, 제 22회 대한민국 목포 국악경연대회 일반부 대상/문화체육관광부 장관상)을 올린 뒤, 졸업 후 트로트로 전공을 바꿔 TV 조선 '내일은 미스 트롯' 오디션에 참가하기 전 7, 8년 동안 거의 무명 가수로서 주로 전라도 지역에서 활동한 것으로 알려졌다.

속설에 의하면, 사람에게는 일생 동안에 두세 번의 행운의 기회가 주어진다고 한다. 기회가 주어졌을 때, 그 기회를 잡는가 잡지 못하는가는 기회가 왔을 때 그 기회를 잡을 준비가 되어 있는가 여부에 달려있다. 특히 전문 분야에 종사하는 사람에게는 기회가 왔을 때, 이를 잡을 철저한 준비가 되어 있는가 여부는 그의 생애의 성패를 좌우할 만큼 중요하다고 할 것이다.

송가인과 같은 전문 가수에게는 그녀의 말대로 비록 전라도 지역에서 '탑'을 찍으며 노래 잘한다는 인정을 받았지만, 이른바 '전국구'로 인정을 받기 위해서는 고달픈 무명 가수 생활을 하면서도, 부단히 노래 연습에 매진하는 태도를 습관화하는 길이 최선이었을 것이다. 그녀는 결승 2라운드 인생곡 미션에서 <단장의 미아리 고개>를 선곡한 이유를 술회하면서 그녀가 현실에 안주하는 평범한 가수가 아니라, 정상을 목표로 부단히 노력하고 학습하는 이른바 연습 벌레요 학구파라는 점을 시사했다.

그녀는 노래의 멜로디 하나 하나가 너무 어려운 <단장의 미아리 고개>를 수천 번, 수만 번 연습했으며, 첫 소절 앞의 '미' 자 하나를 가지고도 몇 시간 동안을 연습했다고 인생곡에 얽힌 일화를 술회했다. 트로트 가수로서의 장래 성공 여부에 대해 불투명한 전망밖에는 가질 수 없었고, 생활조차 넉넉하지 않은 환경에서 부단히 연습과 학습에 매진한 그녀는 생애에 한 번 올까말까한 천재일우의 기회를 놓지지 않고 단번에 거머 쥔 셈이 되었다.

어떤 관점에서 보면, 기회는 우연히 올 수 있지만, 그 기회를 자기 것으로 삼는 것은 철저한 준비를 통해 실력을 쌓은 자만에게만 가능한 일이라고 하겠다.

# 반 소절 드라마

**펴낸날** 2021년 1월 26일

**지은이** 한상무
**펴낸이** 주계수 | **편집책임** 이슬기 | **꾸민이** 이슬기

**펴낸곳** 밥북 | **출판등록** 제 2014-000085 호
**주소** 서울시 마포구 양화로 59 화승리버스텔 303호
**전화** 02-6925-0370 | **팩스** 02-6925-0380
**홈페이지** www.bobbook.co.kr | **이메일** bobbook@hanmail.net

© 한상무, 2021.
ISBN 979-11-5858-745-1 (03810)